KB247418

TO. ________________

너무 잘하려고 애쓰지 말고 너를 좀 더 사랑하고, 믿어줘.

네가 생각하는 것보다 너는 더 강한 사람이니까.

지나고 나면 다 먼지 같은 일이야.

지금은 크게 느껴져도, 결국 너는 다 지나가게 할 사람이더라.

이 책이 너한테 딱 필요한 타이밍에 도착했으면 좋겠다.

FROM. ________________

생각보다 너는 더 강한 사람

생각보다 너는 더 강한 사람

생각보다 너는
더 강한 사람

김묘정 에세이

어차피 지나고 나면
먼지 같은 일이야

필름

누군가는 말한다. 어느 날 갑자기 꿈만 같은 기회가 찾아왔다고. 어느 날 갑자기 인생이 180도 바뀌었다고. 하지만 돌이켜 보면 내 삶에는 단 한 번도 '갑자기'가 없었다. 지금의 나를 만든 건 우연히 얻은 뜻밖의 행운이 아니라, 아주 긴 시간 동안 버티며 쌓아 온 지난한 시간이었다. 수없이 넘어지고 무릎이 깨져도 다시금 일어나 한 걸음씩 나아간 내가 있었다. 그렇게 쌓아온 조각들이 모여 지금의 나를 만들었다.

때때로 불행하다고 느꼈던 순간도 있었다. 누군가의 말 한마디에 바닥까지 무너졌던 날도 있고, 또다시 버려졌다는 생각에 한없이 작아지던 때도 있었다. 그러나 그 모든 과정을 겪으며 포기하지 않은 내가 모여 지금의 나를 만들었다. 나는 어느 한순간 완성된 것이 아니라, 수많은 고비를 지나오며 조금씩 단단해졌다.

내가 이 책을 쓰기로 한 이유도 그 때문이다. 누구에게나 똑같이 주어지는 삶은 어찌 보면 반복되는 하루의 연속이고, 그 하루는 때때로 너무 작고 사소해서 쉽게 흘려버리고 만다. 하지만 결국 인생을 바꾸는 건 특별한 사건이 아니라, 그 사소한 하루하루를 포기하지 않고 쌓아 올렸을 때 비로소 가능해진다.

이 책은 불완전한 내가 쌓아온 지금까지의

기록이자, 앞으로 내가 나아가고 싶은 길에 관한 이야기다. 그리고 여전히 길 위에서 하루하루 고군분투하며 끝끝내 포기하지 않고 자기만의 이야기를 쌓고 있는 사람들에게 건네고 싶은 응원의 메시지다. 운이 좋았을 뿐이라고 이야기하는 사람도 결국에는 노력과 과정이 있었기에 기회를 잡을 수 있었다.

006 어느 날 갑자기는 없다. 하지만 매일매일 순간순간 최선을 다하는 삶은 결국 우리를 조금씩 앞으로 나아가게 한다. 그렇게 나아가다 보면, 결국 원하는 목적지에 다다르게 될 것이다.

더불어, 우리 모두는 생각보다 강한 사람이라는 것을 이야기하고 싶었다. 원하는 목적지에 다다르기 위해 포기하지 않고 오늘도 최선을 다해 살아가고 있는 그 자체로, 이미 당신은 강하고 멋진 사람이다. 그러니 자신을 믿고 나아갔으면 좋겠다. 내가 나를 믿지 않으면, 그 누구도 나를 믿어주지 않는다. 내가 나를 사랑하지 않으면 그 누구도 나를 사랑하지 않는다.

나는 당신이 잘 해낼 것이라고 믿는다. 당신이 만들어 갈 매일을 응원하며, 이 책이 그 과정 속에서 조금이나마 동력이 될 수 있다면 좋겠다.

목차

1장

지나고 나면 다 먼지 같은 일이다

내가 기억하는 가장 따뜻한 손은, 거칠고 따뜻했던 할아버지의 손이다. 어린 시절, 나의 세상은 할아버지의 따뜻함으로 가득 차 있었다. 할아버지는 늘 말없이 내게 손을 내밀어 주셨고, 나는 따뜻한 할아버지의 손을 꼭 잡고 골목길을 걷곤 했다. 그 시절, 그 시간이 내겐 전부였다.

어린 시절 나는 웃음이 참 많았다. 그저 세상 모든 게 신기했고, 작은 일에도 깔깔 웃던 해맑은 아이였다. 누구에게나 사랑받는 아이였고, 그 사랑의 중심에는 언제나 할아버지가 있었다. 할머니, 할아버지 손에서 자란 나에게 두 분은 세상 그 어떤 친구보다 다정하고 소중한 존재였다.

학교가 끝나면 할아버지는 나를 데리고 시장을 돌곤 했다. 할아버지 자전거 뒤에 매달려 동네 슈퍼에서 산 바나나우유를 마시며 향했던 곳은 큰 은행나무 아래 위치한 노인정이었다. 아마도 그때부터 할머니 할아버지들과 함께하는 시간이 좋았었던 것 같다. 할아버지와 함께한 그 시간이 내 어린 시절을 채워 준 모든 풍경이었다. 할아버지는 폐지를 주워 생계를 꾸리셨고, 나는 그 곁에서 깡통을 줍거나 낡은 카드를 밀며 따라다니곤 했다. 단 한 번도 그 모습이 부끄러웠던 적은 없다. 세상 누구보다 자랑스럽고 든든한 분이었다. 할아버지는 맛있는 음식 앞에서나 좋은 것이 있으면 늘 입버릇처럼 "우리 묘정이 먼저 줘야지"라고 말씀하시곤 했다.

중학교 1학년이 되고 처음으로 주유소에서 아르바이트를 시작했다. 그리고 내 손으로 번 첫 월급으로 할아버지에게 내복을 사 드렸다. 쌍방울 내복. 그 겨울, 할아버지는 내가 선물한 내복을 입으시고 환하게 웃으셨다. 그때의 그 웃음이 여전히 선명하게 마음에 남아 있다. 하지만 그로부터 1년이 채 되지 않은 여름의 무더운 공기 속에서 할아버지는 내 곁을 떠나셨다.

그날은 서오릉 그림대회가 있던 날이었다. 할머니의 연락을 받자마자 펑펑 울며 달려갔다. 차가워진 할아버지의 이마 끝에 검은색의 염색약 자국이 지워지지 않은 채 남아 있었다. 불과 며칠 전, 미용실에서 배운 기술로 할아버지에게 처음으로 염색을 해 주었었다. 검은 자국을 손끝으로 쓸어내리며, 나는 처음으로 이별의 냉기를 알았다. 은단 냄새가 밴 할아버지의 옷, 얼음장보다 차가워진 손, 손안에 담긴 은단 두 알, 더 이상 들리지 않는 다정한 목소리…. 태어나 처음 겪는 이별이었다. 그날, 나는 태어나 첫 이별을 경험했고, 세상에서 가장 소중한 사람을 잃었다.

할아버지가 돌아가시기 전날은 평생 잊지 못한다. 그날 할아버지는 집 앞 대추나무에서 나를 위해 대추를 따 오셨다. 그런 할아버지에게, 나는 안 먹는다고 짜증을 내고 화를 냈다. 나를 생각하며 한 알 한 알 대추를 따 품에 가져오셨을 그 모습을 생각하니 마음이 한없이 미어졌다. 그 기억이 오래도록 나를 괴롭혔다. 왜 짜증을 냈을까, 맛있게 먹었으면 좋았을 텐데. 그때부터 나는 더 이상 후회하지 않기 위해, 사랑하는 사람들에게 다정한 사람이 되기 위해 노력했다. 언제, 어떻게 이별이 찾아올지 아무도 모른다는 것을 깨달았기 때문이다.

가족이라는 존재에 대해 생각해 본 적이 있다. 누군가에게 가족은 세상에서 가장 소중한 존재이자, 그 어떤 상황에서도 내 편이 되어 주는 존재일 것이다. 만약 나에게 이와 같은 존재가 있는지 묻는다면, 내게는 단 세 사람뿐이었다. 내가 가장 사랑한, 나에게 가장 따뜻한 사랑을 주신 할아버지, 할머니 그리고 큰이모.

큰이모는 누구보다 다정하고 선한 분이었다. 하지만 내가 열다섯 살 무렵 자궁암 진단을 받으셨다. 나는 학교를 다니며 미용실과 롯데리아에서 아르바이트를 하면서도 틈틈이 암센터로 가서 큰이모를 간호했다. 큰이모 앞에서는 애써 밝게 웃어 보였지만, 암센터 1층에서 얼마나 울었는지 모른다. 왜 악한 사람은 잘만 살아가는데, 선한 사람에게는 연이어 안 좋은 불행만 쌓이는 걸까. 그리고 그때마다 속으로 수없이 되뇌었다. 꼭 성공하겠노라고. 그래서 내가 사랑하는 사람들을 더 이상 잃지 않겠다고.

그런 바람이 무색하게 얼마 지나지 않아 큰이모는 하늘나라로 떠나셨다. 2009년 7월 19일, 내 생일날이었다. 이모의 몸무게는 30킬로그램 남짓일 정도로 앙상했다. 뼈밖에 남지 않은 손으로 내 손을 꼭 잡으며 이모는 속삭였다. "묘정아, 사랑해." 그 말을 듣는 순간, 모든 것이 사라졌구나 실감할 수 있었다. 할아버지를 떠나보내고 겪은 두 번째 이별의 아픔이었다. 이 세상에서 사랑이 얼마나 짧고 귀한지, 지독한 현실 앞에서 오히려 눈물은 나지 않았다. 그저 내가 사랑하면

나를 떠난다는 생각에 온 마음이 텅 비어버리는
것만 같았다.

아직 해드리고 싶은 것도, 함께하고 싶은 것
도 많은데. 예상치 못한 이른 이별이었다. 어린
나이에 겪은 가장 소중한 사람들과의 이별은 내
인생을 송두리째 뒤흔들었다. 그리고 깨달았다.
소중한 사람과의 인연이 얼마나 짧은지.

돌이킬 수 없는 순간을 후회하지 않으려면,
결국 우리가 할 수 있는 건 매 순간 최선을 다하
는 것뿐이다. 소중한 사람과의 관계도, 일도, 사
랑도. '언젠가'로 미루는 순간, 다음은 없을 수
있다. 중요한 모든 것들은, 언제나 지금에 있다.

‘언젠가’로 미루는 순간,
다음은 없을 수 있다.

중요한 모든 것들은,
언제나 지금에 있다.

상처가 남긴 흉터

할아버지가 돌아가신 그해, 부모님은 이혼하셨다. 두 분은 나를 앉혀 놓고 담담히 말씀하셨다. 지금부터 각자 살기로 했노라고. 부모님의 이혼은 어린 나에게는 이해할 수도, 받아들일 수도 없는 일이었지만, 그 당시 나는 울지 않았다. 그저 "괜찮다"고 말했다. 어쩔 수 없음에서 오는 체념이 아니라, 사랑하는 사람들이 다치지 않길 바라는 마음 때문이었다. 내 감정보다는 어른들의 상황이 더 중요하다는 사실을 너무 이른 나이에 배워버린 셈이다.

이후 중학교 3학년이 되면서 나는 경기도 수동면, 밤나무 동산이 있는 둘째 이모 집에서 살게 되었다. 그곳에는 나보다 한 살 어린 사촌 동생이 있었다. 사촌 동생은 모든 게 완벽했다. 공부도, 음악도, 말투도, 표정도. 그래서 늘 사촌 동생과 비교당했다. "너는 왜 이것도 못 하니?" 끝없는 비교는 칼날이 되어 마음에 상처를 냈고, 상처는 치유되지 못한 채 계속해서 또 다른 상처를 만들어 냈다.

그 시절, 나는 모든 사람에게 사랑받아야 하는 '착한 아이 콤플렉스'에 사로잡혀 있었다. 사랑받지 못하면 버림받을지도 모른다는 불안감 때문이었다. 그래서 누구에게나 친절하기 위해 노력했고, 싫은 소리 한마디 하지 못했다. 하지만 정작 중요한 나에게는 단 한 번도 친절하지 못했다. 그 시절, 외로움이라는 삶의 무게를 절실히 느꼈다. 이모 집에서의 생활은 불안정했고, 나는 늘 '폐 끼치지 말아야 한다'는 마음으로 살았다. 학교에서는 애써 밝은 척했지만, 집에 돌아오면 말 한마디 꺼내기조차 조심스러웠다. 사람의 눈치를 보고, 다치지 않기 위해 조용히 숨을 고르는 시간이 계속됐다. 그러다 문득 이런 생각이 들었다. '이렇게 살면, 나는 어떻게 되는 걸까?' 겉으로는 아무렇지 않은 척했지만, 속에서는 조금씩 금이 가고 있었다.

중학교 졸업식 날, 결국 나는 캐리어 하나를 들고 도망치듯 이모 집을 나와, 버스를 타고 서울 은평구에 사는 아빠를 찾아갔다. 아빠는 낯선 여자와 살고 있었고, 나에게 그 여자를 '새엄마'라고 소개했다. 그 집에서도 안정감을 느낄 수는 없었다. 미묘한 거리감과 불편한 기운이 늘 나를 둘러싸고 있었다. 그러던 어느 날 사건이 터지고 말았다. 갑자기 그녀의 지갑에서 3만 원이 사라졌고, 그 돈이 내 가방 속에서 발견된 것이었다. 나는 절대 훔치지 않았다. 어째서 그 돈이 내 가방에서 발견된 것인지 정말 알 수 없었다. 하지만 아빠는 내 말을 무시한 채 내 뺨을 세게 때리며 말했다. "나는 도둑년을 키운 적 없다!"

어쩌면 아빠에게는 진실이 중요하지 않았던 건지도 모르겠다. 아무 근거도 없는 그 한마디가 어린 마음에 깊고 긴 상처를 남겼다. 모든 마음이 무너져 내렸다. 설명할 힘도, 반박할 용기도 없었다. 결국 나는 17살, 혼자가 되었다. 누구에게도 기대지 못한 채 혼자 꿋꿋한 척 버티는 삶 속에서 점점 더 숨이 차올랐다.

　　나의 10대는 온통 어둠뿐이었다. 할아버지와 큰이모, 소중한 두 사람을 잃고 부서진 내 마음을 쉬이 위로받을 곳이 없었다. 그럼에도 엄마의 품으로 돌아가면 조금은 따뜻해질 수 있지 않을까 하는 희미한 기대가 남아 있었다. 하지만 찾아간 엄마의 집에는 낯선 아저씨가 있었다. 그 사람이 술에 취한 날이면, 고함 소리와 접시 깨지는 소리, 무언가 벽에 부딪히는 소리, 그리고 엄마의 한껏 무거워진 울음소리가 집 안을 가득 채웠다. 어느 날은 그 분노가 나에게로 향할 때도 있었다. 살면서 겪은 두 번째 폭력이었다. 그런 날이면 온몸의 떨림이 멈추지 않을 정도로 무섭고 분했고 머릿속이 새하얘졌다. 어디론가 도망치고 싶었지만, 갈 곳은 없었다. 친오빠는 군대에 있었고, 결국 나와 엄마뿐이었다.

　　한번은 집 앞 골목길에서 나를 기다리던 아

저씨가 내 어깨를 벽돌로 내리쳐 응급실에 실려 간 적도 있었다. 몇 번이고 집을 나오려고 시도했는데, 그때마다 아저씨는 문자 메시지로 내가 다니는 고등학교, 반, 이름, 주민 번호, 그리고 엄마가 일하는 곳의 주소와 함께 내가 집을 나가면 엄마를 가만두지 않겠다고 협박했다. 당시 몇 번이나 경찰서를 오가며 접근금지 신청서를 직접 작성했지만, 가족이 아니라는 이유로, 증거 영상이 없다는 이유로 거절당했다. 그 누구에게도 도움받을 수 없는 현실 앞에서 할 수 있는 게 없었다. 열여덟 살이었던 그때의 기억은 지금까지도 쉬이 떠올리기 어려울 정도로 고통스럽다. 지울 수만 있다면 내 인생에서 지워버리고 싶은, 지옥 같았던 시간이었다.

당시 나의 세상은 너무나도 좁고 어두웠다. 하늘은 낮에도 잿빛이었고, 내 방의 작은 천장

은 금방이라도 무너질 것처럼 위태로웠다. 엄마
는 그 사람에게 수없이 맞았다. 멍으로 뒤덮인
얼굴과 남겨진 엄마의 상처를 볼 때마다 내 안에
서 조금씩 희망이 무너져 내리고 있었다. 그리고
엄마를 이해할 수 없었다. 왜 떠나지 않는지, 왜
이렇게까지 나를 아프게 두는지. 그 사람의 곁에
남아 있는 엄마가, 나를 지켜주지 못하는 엄마
가 너무 원망스러웠다. 그리고 엄마를 보며 나는
절대로 엄마와 같은 인생을 살지 않겠노라 다짐
했다.

애써 강한 척했지만, 그 마음 뒤에는 늘 두
려움이 있었다. 밤이 되면 문틈 사이로 새어드는
그림자에 몸이 굳어버렸고 가슴은 쿵쾅거렸으
며 불이 꺼진 방 안에서 숨조차 제대로 쉴 수 없
었다. 그 두려움 속에서도 이곳을 떠나야 한다는
사실은 명확했다. 그때의 나는 두려움이 많은 아

이였지만, 동시에 강인했고 이상하리만치 꺾이지 않았다. 아마 그것은 용기라기보다 살아야 했기 때문이었을 것이다. 결국 노력 끝에 집을 나오게 되었지만, 이때의 사건은 성인이 되고도 오래도록 끊임없이 나를 괴롭히며 내면에 상처를 남겼고, 흉터로 자리 잡았다.

지금 생각해 보면, 누구에게나 사랑받고 싶어 애썼음에도 결국 나 자신조차 사랑하지 못했다. 나도 나를 사랑하지 않는데, 어느 누가 나를 사랑할까. 단순한 진실을 그 어린 나이에는 깨닫지 못했다. 이 모든 불행한 순간이 모두 나 때문인 것만 같았다. 그럼에도 불구하고 마음 깊숙한 곳에서는 점점 더 선명해지는 것이 있었다.

'나를 지킬 사람은 결국 나뿐이구나. 강해져야 해.'

'그래, 성공해야겠다. 성공하면, 사람들이 나를 찾게 될 거야.'

오기 혹은 독기였는지도 모르겠다. 철저하게 홀로 남겨졌음에도 이대로 주저앉고 싶지는 않았다. 아마 그때의 그 절박함이 없었더라면 지금이 없지 않았을까. 삶은 때때로 내가 원하든 원치 않든, 제멋대로 흘러간다. 그 속에서 끝까지 놓지 않아야 할 것은 바로 나 자신이다. 어떻게든 악착같이 붙들고 나아가야만 벗어날 수 있다. 그 간절함이 조금씩 삶을 변화시킨다.

삶은 때때로
내가 원하든 원치 않든,
제멋대로 흘러간다.

그 속에서 끝까지
놓지 않아야 할 것은
바로 나 자신이다.

빛이 된 세 번째 이별

1장

소중한 사람과의 연이은 이별, 울타리 없이 외롭고 힘들었던 어린 시절을 버티게 해 준 친구가 한 명 있었다. 그 친구 역시 아빠의 가정폭력으로 힘든 시간을 보내고 있었고, 우리는 서로의 상처를 들키지 않으려 하면서도, 서로의 아픔을 누구보다 잘 이해했다. 우리는 밤이면 함께 옥상에 올라가 하늘에 수놓아진 수많은 별을 바라보곤 했다. 친구는 내게 종종 말했다.

"묘정아, 우리 언젠가는 웃으면서 이 시절을
이야기할 수 있을까?"

나는 대답하지 못했다. 그때의 나는, 내일이
올 거란 확신이 없었기 때문이다. 그럼에도 캄캄
한 내 마음속에는 작고 미약한 희망의 불빛이 있
었다. 누가 꺼뜨릴 수 없게 그 불빛만큼은 어떻
게든 꺼지지 않기 위해 두 손으로 꼭 감싸 쥐고
있었다. 그래서 나는 대답하지 못했지만 믿었다.
아무리 세상이 우리를 버려도 서로가 있어서 괜
찮을 거라고. 그 믿음 하나로 겨우 버텼다.

하지만 끝내 그 친구는 삶을 포기하고 떠났
다. 나는 또 한 번의 이별을 마주했다. 열여덟 살
의 겨울, 내 인생에서 소중한 사람을 떠나보낸,
세 번째 이별이었다. 내 안에 남아 있던 마지막
불빛이 위태롭게 흔들렸다. 그날 이후 온 세상이

조용해졌다. 사람들의 말소리도, 바람 소리도, 모든 소음이 멀리서 들리는 듯했다. 이상하게 눈물도 나지 않았다. 마음 한가운데가 텅 비어버린 듯 모든 감정이 고요하게 얼어붙었다.

그 친구의 선택이 이해되지 않았던 건 아니다. 나도 그날, 그 문턱에 서 있었으니까. 다만 그 길로 가지 않으려면 무언가를 붙잡아야 했다. 그때 내가 붙잡은 건 삶의 의지였다. 살아야겠다는, 단순하지만 강한 본능. 어둠 속에서도 나를 지키고 싶었다. 그래서 나는 더 많이 웃었고, 더 열심히 일했고, 더 바쁘게 살았다. 일을 하면 생각이 줄었고, 웃으면 슬픔이 잠시 멈췄다. 사람들은 그런 나를 보고 말했다.

"묘정아, 넌 참 독하다. 그렇게 힘들면서 어떻게 일을 하니? 어떻게 그렇게 웃을 수 있니?"

나는 대답하지 않았다. 힘들지 않아서가 아니었다. 사실 나의 10대는 그 누구보다 어둠이 짙은 아이였다. 다만, 그 어둠이 나를 집어삼키지 않게 하려면 빛을 흉내라도 내야 했다. 그래서 웃었다. 웃음은 세상에서 무너지지 않기 위한 나만의 언어였고, 살아남기 위한 내 나름의 방패였던 셈이다.

웃는 동안만큼은 나는 약한 아이가 아니었다. 그때만큼은 누구도 나를 불쌍한 아이로 보지 않았다. 그래서 나는 더 많이 웃었다. 그 웃음이, 결국 나를 다시 살게 했다. 지금 돌아보면, 그 시절의 나는 참 용감했다. 두려웠지만 도망치지 않았고, 무너졌지만 끝내 일어섰다. 그 어둠 속에서 끝내 버텨 낸 10대의 어린 내가 지금의 나를 만들었다. 그때의 내가 나를 버리지 않았기에 지금의 내가 빛을 낼 수 있다.

누군가는 그때의 내 이야기를 듣고 "그 시절은 지옥이었겠네요"라고 말했다. 맞다. 하지만 나는 안다. 지옥에도 작은 빛은 있다는 걸. 그 빛이 바로 나였다는 걸. 그리고 나는 그 빛을 포기하지 않았다. 친구의 선택은 분명 슬픈 이별이었지만, 동시에 "끝내지 말고 살아"라는 메시지를 남겨 주었다. 지금도 가끔 하늘에 떠 있는 별을 볼 때면 그때 그 순간의 친구가 떠오른다. 그리고 다시금 그 몫까지 잘 살아가야겠다고 다짐한다. 그리고 그때 못다 한 대답을 전한다.

"네가 있었기에 그 시절을 버텨 낼 수 있었어. 고마워."

그때의 내가 나를
버리지 않았기에

지금의 내가
빛을 낼 수 있다.

038   언제나 예고 없이 휘청이던 삶 속에서도 유일하게 나를 붙잡아 준 것이 있다면, 바로 미용이었다. 15살이었던 그해 겨울, 나는 미용실에서 처음 빗을 잡았다. 그 순간 설명하기 어려운 안정감을 느꼈다. 아직은 서툰 손길로 고객의 머리카락을 정리하고, 행복해하는 고객의 웃음을 볼 때면 어쩐지 내 마음까지 정돈되는 것만 같았다.

당시 나는 미용실뿐만 아니라 주유소, 롯데

리아, 전단지, 전화상담, 고깃집, 피시방, 당구장까지, 안 해 본 아르바이트가 없을 정도였다. 하지만 미용실에서의 일은 달랐다. 그곳에는 따뜻함과 친절이 있었다. 무더운 날이면 에어컨을 틀어 주고, 추운 날이면 히터를 켜 주었다. 어떤 날에는 머리를 감겨드린 고객분께 팁으로 3천 원을 받기도 했다. 중학생이었던 당시, 어린 나이에도 금방 부자가 될 것만 같다고 생각했다. 미용은 내가 내 힘으로 해낼 수 있는 유일한 것이었고, 그 과정 자체만으로도 큰 위로가 되었던 것 같다. 그래서 나는 미용에 더 집중하기 시작했다. 그때는 그것만이 내가 무너지지 않고 세상과 연결될 수 있는 유일한 끈이었다.

어릴 때부터 할머니께서는 늘 내게 "버스에서 어른이 서 있으면 꼭 자리를 양보해야 해. 그리고 무거운 짐을 들고 있는 노인을 보면, 그냥

지나치지 말고 들어드려야 해"라고 말씀하시곤
했다.

그 덕분이었을까. 할머니의 말은 마음속에 깊
이 새겨져 사람을 향한 존중과 연민의 씨앗이 되
었다. 그래서 나는 어릴 때부터 누군가를 도울 때
면, 오히려 공허한 마음이 더 채워지곤 했다. 그리
고 누군가를 돕는 건, 단순히 '주는 것'이 아니라,
'스스로를 회복시키는 일'이라는 걸 깨달았다.

고등학교 때 우연히 장애인복지관 미용 봉
사에 참여한 적이 있다. 그저 학교에서 주최하는
봉사활동 중 하나였기에 처음에는 그저 해야 하
는 일 정도로 생각했다. 그런데 그 하루가 내 인
생을 송두리째 바꾸었다. 그곳에서 나는 감히 상
상할 수 없었던 삶의 무게를 지닌 사람들을 만났
다. 팔다리가 불편한 어르신, 말 대신 미소로 인

사를 건네는 아이, 조용히 내 손을 꼭 잡으며 "고마워요"라고 말씀해 주시던 아주머니…. 그 모든 순간이 내 안의 상처를 천천히 녹여 냈다.

그날 복지관을 나서는데, 오히려 위로받은 건 나였다. 그때까지 나는 늘 내 인생이 가장 힘들다고 생각했고, 내가 가장 불행하다고 여기며 살았다. 나보다 어두운 인생을 살아온 사람은 없을 거라고 말이다. 하지만 아니었다. 이 세상에는 어둠보다 훨씬 짙은 그림자 속에서도 묵묵히 자신의 몫의 삶을 살아가는 사람들이 있었다. 그 사실을 깨달은 순간, 내 안에 가득했던 절망의 자리에 감사의 마음이 피어났다. 그리고 다시 살아가고 싶은 용기를 얻었다.

그날 이후 나는 매일 꿈을 적기 시작했다. 어떤 헤어 디자이너가 되고 싶은지, 어떤 삶을 살고 싶은지, 내가 되고 싶은 미래를 구체적으로 써 내려갔다. 단순한 메모가 아니었다. 나 자신을 붙잡기 위한 필사적인 몸부림이었다. 아픔과 상처로 가득했던 그때의 나는 그렇게 글로, 기록으로, 다시 일어서는 방법을 배워 갔다.

지금 생각해 보면, 그 모든 건 결국 나를 구하기 위한 과정이었다. 미용이라는 일이 내 손끝에서 피어날 때마다 나는 다시 살아나는 기분이었다. 머리를 자르는 건 단순히 기술이 아니었다. 내게는 상처를 덜어내는 의식이었고, 내 안의 어둠을 조금씩 비워내는 행위였다. 그렇게 나는 미용을 통해 아주 조금씩 내 안의 슬픔을 다스려 갔다.

특히 미용 봉사를 갔던 날은 쉽게 잊히지 않는다. 누군가가 내 손끝을 거쳐 행복해하는 얼굴을 볼 때면 말로는 설명하기 어려운 따뜻함과 두근거림이 밀려왔다. 그리고 "아, 나는 이 일을 사랑하게 되겠구나" 하고 확신했다. 삶의 모든 것이 불안정했던 그때, 유일하게 내 손이 만들어낼 수 있었던 작은 변화였다. 그 변화가 조금씩 쌓여 상처를 봉합해주었고, 더 나아가 기적을 만들어 주었다.

기적은 특별한 것이 아니었다. 굳건한 믿음과 의지, 그리고 뚜렷한 목적, 이를 이루기 위해 한 걸음 한 걸음 꾸준하게 나아갈 용기만 있다면 누구나 기적을 만들 수 있다.

요즘의 난 학교, 미용실, 엄마 가게, 새벽엔 롯데리아 알바 몸이 열 개라도 모자라다. 난 무엇을 위해 이렇게 열심히 살고 있는지 엄마 아빠에게 따지고 싶다. 책임지지 못할 거 왜 낳았냐고. 너무 힘들고 포기하고 죽고 싶다.

매일 하루하루가 너무 힘들고 피곤하고 하루에 3시간씩 잠도 부족하다. 벌써 이렇게 중1 때부터 아르바이트에 찌들어 살아온 내 인생 그만두고 싶다. 미용도 너무 지친다. 하지만 난 절대 포기할 수 없다. 이딴 슬럼프에 질 수 없다.

난 꼭 성공해서 우리 할머니 호강시켜드릴 거고 정말 어려운 사람들 위해 봉사활동도 열심히 하고 지금처럼 착한 딸 착한 묘정이가 될 거다. 열심히 살 거다. 빨리 헤어디자이너가 되고 싶다. 나에게 머리 하고 싶어 하는 사람들이 너무 많아 머리하려면 한 달 두 달 기다리고 만나기도 힘든 사람이 될 거다. 하지만 돈을 따라가지는 않을 거다. 정말 진심으로 사람들을 대하고 진심이 가득한 사람이 될 거다.

10년 후에 난, 정말 성공해서 멋진 위치에 있어야지. 묘정아 조금만 더 참자. 정말 넌 잘하고 있고 다른 사람들은 너가 쉽게 얻은 결과라고 생각하지만, 난 알아. 너가 얼마나 정말 수많은 노력과 매일 밤 얼마나 많은 눈물을 흘렸는지.

내 가정환경이 나의 발목을 잡을 수 없고 그 핑계로 날 바닥으로 내리고 싶지 않다. 그럼에도 불구하고 잘 버텨줘서 고맙다.

📅 등록일시　　2009.08.29 00:00 (업로드 2009.08.28 04:55)

어릴 적, 나는 할머니의 손에서 자랐다. 나 045
는 태어났을 때부터 잘 울지 않고, 방긋방긋 웃
던 아이였다고 한다. 그래서 할머니는 나를 보고
단 한 번도 힘들게 하지 않았고, 안아 달라고 떼
를 쓴 적도 없고, 눕히면 눕힌 대로 재우면 재운
대로 조용히 잠드는 아이였다고 했다.

할머니는 할아버지와 큰이모가 돌아가시던
날에도 눈물 한 방울 흘리지 않으실 정도로 강인

한 분이었다. 늘 "어쩔 수 없지"라는 말로, 모든 일을 담담하게 받아들이시던 모습을 보고, 어릴 때는 할머니를 냉정한 사람이라고 생각하기도 했다. 그런데 내가 성인이 되고, 큰이모가 돌아가신 지 7년쯤 지났을 무렵, 큰이모의 사진을 안고 어린아이처럼 펑펑 우시는 할머니의 모습을 보게 되었다. 그리고 방 한편에 할아버지의 사진을 늘 곁에 두고 "왜 나를 두고 먼저 그렇게 가버렸어"라고 말씀하시며 새벽마다 눈물을 흘리신다는 걸 알게 되었다. 그때 알았다. 어른은 너무 슬프면 눈물을 참는다는 걸. 그 시절의 나는 이해하지 못했지만, 어른이 되어 보니 그 감정이 무엇인지 알 것 같다. 마음에 구멍이 생긴다는 것이 이런 걸까.

누구보다 냉철하고 강인했던 할머니지만, 나에게만큼은 한없이 따뜻한 분이셨다. 할머니는 늘 나를 보며 "우리 묘정이는 마음이 따뜻해"라고 말씀하셨다. 그 말을 들을 때마다 마음 깊은 곳에서부터 따뜻한 기운이 퍼지는 것만 같았다. 세상 누구도 내 편이 되어 주지 않던 시절에도 할머니는 언제나 내 이야기를 끝까지 들어 주셨다. 나를 바라보는 할머니의 눈빛은 늘 따뜻했다. 그 따뜻함 덕분에 나는 사람에 대한 믿음을 잃지 않을 수 있었다.

지금도 때때로 힘든 날이면 그때의 할머니 목소리를 떠올리곤 한다. "힘들지? 그래도 괜찮아. 우리 강아지, 잘하고 있어." 할머니의 그 말 한마디면 이상하게도 엉켜 있던 온 마음이 풀리는 것만 같았다. 할머니는 내게 '조건 없는 사랑'이 얼마나 큰 힘이 되는지를 가르쳐 주신 첫 번째 사람이었다.

너무 어릴 적부터 늘 내 곁에 계셨기에, 할머니가 없는 세상을 상상해 본 적이 없다. 할머니는 내 삶의 일부였고, 공기처럼 늘 곁에 존재하는 사람이다. 할아버지를 일찍 떠나보내고, 유일하게 내 곁에서 가장 오래 버팀목이 되어 준 사람이 할머니였다. 할머니는 존재만으로도 늘 의지가 되는 사람이었다.

결혼하고 아이를 낳고, 이혼을 하며 세상의 무게에 짓눌려 힘들어할 때마다, 할머니만은 한결같이 내 편이 되어 곁을 지켜 주셨다. 현실적인 조언이나 훈계도 없었다. 그저 "우리 강아지, 잘하고 있어." 그 한마디면 충분했다. 그 말을 들으면, 아무리 흔들리고 불안해도 다시금 중심으로 돌아올 수 있었다.

많은 손주들 사이에서도 언제나 "묘정이가

최고야"라고 말씀해주시는 할머니 곁에 있으면,
나는 세상에서 제일 특별한 존재가 되었다. 할머
니께서 주시는 그 사랑이 내 자존감의 뿌리가 되
었고, 내 리더십의 근원이 되었다. 할머니는 나
를 더 멋있는 사람으로, 더 용기 있는 사람으로
만들어 주셨다. 세상 밖으로 나가 자신감을 가질
수 있게 늘 응원하고 격려해 주셨다. 그래서 나
는 지금도 힘든 순간마다 할머니의 목소리를 떠
올린다.

"괜찮아, 우리 묘정이는 잘할 거야."

그 단순한 한 문장이 내 삶을 수없이 다시 일
으켜 세웠다. 그리고 나에게도 돌아갈 곳이 있
다는 커다란 안정감을 주었다. 내 안의 단단함
과 따뜻함, 근원적인 뿌리는 할머니에게서 나왔
다. 누군가에게 온전한 믿음과 사랑을 받는다는

것이 얼마나 행복하고 든든한 것인지 다시금 깨
닫는다. 삶이란, 어쩌면 사람과 사람이 주고받는
믿음과 사랑을 통해 성장하고 강해지는 것인지
도 모르겠다.

삶이란, 어쩌면
사람과 사람이 주고받는
믿음과 사랑을 통해
성장하고 강해지는 것인지도
모르겠다.

052 　　어린 시절부터 오랜 시간 미용 일을 하며 기술뿐만 아니라 많은 것을 배웠다. 더욱이 다양한 사람을 마주하다 보면, 한 사람, 한 사람의 영향을 많이 받기도 한다. 어떤 날은 누군가의 말 한마디에 종일 행복감을 느끼고, 어떤 날은 누군가의 말 한마디에 종일 속상한 마음이 들 때도 있다. 그럴 때마다 사람이 사람에게 전하는 진심이란 무엇일지 생각해 보게 된다. 그리고 나는 누군가에게 진심을 다해 내 마음을 전하고 있을까

고민하게 된다.

　"죄송합니다"라는 말과 최선을 다한 태도, 진정성을 다해 남긴 마음조차 어떤 사람에게는 끝내 닿지 않는다는 걸 깨닫게 되는 순간들이 있다. 아무리 설명해도, 아무리 고개를 숙여도 마음의 문이 닫힌 사람에게 진심이 닿을 리 없다. 그래서 한동안은 진심이라는 말이 허망하게 느껴지기도 했다. 진심을 다했는데 왜 오해로 돌아오는지, 왜 상처만 남는지 이해할 수 없었기 때문이다.

　그런데 시간이 흐르면서 나는 진심에 대해 조금 다르게 생각하기 시작했다. 진심은 당장 통하는 것이 아니라 여운이 남는 것이라고. 지금 이 순간에는 외면당하고 모르더라도, 언젠가는 그때의 진심이 떠오르는 순간이 온다고 믿게 되었다.

누군가에게 상처를 주면, 그 상처는 결국 돌고 돌아 자신에게 되돌아온다. 말 한마디, 시선, 태도. 별것 아닌 것 같아도 상대방에게는 어떤 식으로든 반드시 흔적으로 남기 마련이다. 진심이라는 마음도 그와 같다고 생각한다. 지금 당장 눈에 보이지 않을 뿐, 사라지는 감정이 아니다. 오히려 마음속에 잔여물처럼 남아 조용히 퍼진다.

미용이라는 일은 본질적으로는 머리를 매만지는 일이지만, 결국은 감정을 다루는 직업이기도 하다. 물질적으로 보이지 않는 마음은 고객에게도, 그리고 곁에 남아 있는 사람들에게도 고스란히 전달되고 축적된다. 이것이 내가 마음을 다하는 이유다.

그리고 이제는 나의 모든 진심이 곧바로 이해받지 않아도 괜찮다. 내가 남긴 마음은 언젠가, 누군가의 기억 속에서 조용히 제 역할을 하고 있을 테니까. 진심은 소리가 큰 약속이 아니라 늦게 도착하는 편지 같은 것일지도 모른다. 그러니, 오늘도 진심을 다한 마음의 편지를 보낸다. 차곡차곡 그 마음이 쌓여 누군가의 마음을 따스하게 물들일 수 있기를 바라며.

    복지관에 미용 봉사를 다니면서부터 나는 미용이 단순한 기술이 아니라 사람을 위로하는 일이라는 걸 깨달았다. 그날 이후로, 나는 가위를 잡는 매 순간 내가 누군가의 마음을 어루만지고 있다는 걸 잊지 않으려 했다. 그래서 더 열심히, 더 오래, 더 진심으로 일했다. 가위질 하나에도, 손끝의 드라이 바람에도 마음을 담았다. 그러던 어느 날, 미용실 원장님이 내게 말했다.

"묘정아, 넌 손끝이 따뜻하다. 네가 머리를 하면 다들 기분이 좋아지는 것 같아."

그 말이 내게는 "넌 가치 있는 일을 하고 있어"라는 세상의 첫 인정처럼 느껴졌고, 오래도록 마음을 울렸다. 하지만 현실은 녹록지 않았다. 나는 여전히 이름 없는 디자이너였고, 손님 한 명 받는 것도 쉽지 않았다. 아침 8시부터 밤 11시까지 일하고도 집에 돌아오면 마음은 텅 비어 있었다. 그래서 나는 손님이 없는 날이면, 가위를 잡는 대신 노트를 펼쳤다. '오늘은 어떤 하루였는지, 내일은 무엇을 배워야 할지' 하나하나 노트에 기록했다. 그리고 마음속으로 다짐했다.

"나는 언젠가, 단독주택에 미용실을 만들 거야."

그 무렵, 싸이월드를 통해 많은 이들이 세상 사람들과 소통하고 있었고, 나 역시 그곳에 그날의 작업 사진을 올리기 시작했다. 그 시절의 나는 자신감보다 열정이 많았고, 기교보다 진심이 앞섰다. 고객이 없어도 내 머리카락으로, 친구의 머리카락으로 연습하고 촬영하며 계속해서 사진을 올렸다.

그렇게 어느 정도 작업물이 쌓여갈 때쯤, 처음으로 큰 반응을 얻은 콘텐츠는 '숨길 수 있는 시스루뱅'이었다. 당시 도움을 청할 사람이 없어서, 나는 거금 10만 원을 들여 장비를 빌려 홀로 삼각대를 세우고 영상을 찍었다. 그렇게 만든 영상을 유튜브와 블로그에 올리기 시작했다.

그렇게 열심히 홍보했음에도 앞머리 커트 가격은 고작해야 3천 원이었다. 앞머리를 자르러

오는 손님은 하루에 많아 봐야 스무 명 남짓이었고, 많을 때는 서른 명까지 늘어났지만, 종일 바쁘게 움직여도 매출은 고작 8만 원이었다.

'어떻게 하면 이 사람들을 다시 찾아오도록 만들 수 있을까.'

손님은 많았지만, 객단가가 너무 낮았기 때문에 나는 매일 머리를 싸매고 고민했다. 긴 머리 고객은 한 번 머리를 하고 나면 평균 반년, 길게는 일 년에 한 번씩 미용실을 찾았고, 당시 나는 숏커트에는 자신이 없었다. 그 순간 단발이었던 내 모습이 눈에 들어왔다. 마침 '고준희 단발'이 유행처럼 번지고 있던 때였다. 나는 바로 오렌지 브라운으로 머리를 염색하고 '고준희 단발 스타일링'을 영상으로 만들기 시작했다. 그리고 말 그대로 영상은 대박을 터뜨렸고, 그때부터 나는 스스로에게 '단발머리 대통령'이라는 이름을 붙였다. 단발머리 세계에서만큼은 1등이 되고 싶었기 때문이다. 무엇보다 단발머리는 한 달에 한 번씩은 정돈하기 위해 다시 미용실을 찾아오는 스타일이었다. 그리고 그 스타일만큼은 누구보다 자신이 있었다. 그래서 나는 단발머리 스타일링을 끝까지 밀고 나갔다. 지금 생각해 보면, 그 선택은 단순한 운이 아니라 정말 좋은 기획이었다.

처음엔 다들 비웃었다. "단발머리 대통령? 뭐야, 너무 우습잖아", "그걸 누가 기억이나 하겠어?" 하지만 나는 사람들의 비웃음에도 개의치 않고 꾸준하게 단발머리 셀프 스타일링 영상을 올렸다. 단발머리 영상을 보고, 첫 손님이 찾아왔던 그날을 평생 잊지 못한다. 손님이 의자에 앉는 순간, 내가 만든 작은 세상에 누군가 직접 발을 들여놓는 기분이었다. 하루하루는 고되고 외로웠지만, 그 조용한 나와의 싸움 속에서 나는 조금씩 '브랜드'가 되어 가고 있었다.

그 시절의 나는 불안과 확신 사이를 오갔다. 수없이 '이 길이 맞을까?' 의심도 했다. 하지만 그때마다 할아버지의 말이 떠올랐다. "남을 도울 줄 아는 손이면, 그 손은 복이 있다." 그 말이 내 마음의 중심을 잡아 줬다. 내 손끝이 누군가의 하루를 바꾼다면, 그건 이미 가치 있는 일이라고 믿었다.

그렇게 1년, 2년이 지나며 나를 찾는 고객이 하나둘 늘어 갔다. 그리고 드디어 종일 예약이 꽉 찼던 그날 밤, 나는 마지막 손님을 보내고 혼자 미용실 바닥에 앉아 조용히 울었다. 내가 내 힘으로 만든 기적이었고, 지금까지의 노력을 보상받은 것만 같아 눈물이 났다.

고객을 만나며 배운 것은 학교에서도, 가정에서도, 책에서도 알려 주지 않았던 것들이었다. 어떤 고객은 머리를 자르고 돌아가며 내게 말했다. "오늘 하루를 버틸 힘이 생겼어요." 또 어떤 고객은 가족에게도 말하지 못한 고민을 내게 털어놓기도 했다. 머리를 자르는 그 짧은 시간 동안 그들은 잠시 보호받는 사람처럼 보였다. 그 순간, 나는 기술자가 아니라 누군가의 '하루를 지켜 주는 사람'이 되어 있었다.

미용은 단순히 고객의 머리를 만져 주는 일이 아니다. 미용실이라는 작은 공간 안에서 두세 시간이라는 시간 동안 한 사람의 하루를 행복하게도, 혹은 슬프게도 만들 수 있는 일이다. 새로한 스타일이 만족스러운 날에는 괜히 발걸음이 가벼워지고, 그대로 집에 가기 아쉬워 누군가와 약속을 잡거나 사진으로 그날을 남기기도 한다. 반대로 미용실에서의 하루가 불만족스러운 날에는 그날뿐만 아니라 마음에 들지 않는 머리를 볼 때마다 울적한 기분을 느끼게 된다. 그래서 나는 단지 기술 좋은 디자이너가 아니라, 한 사람의 하루를 조금 더 특별하게 만들어 주는 헤어 디자이너가 되고 싶었다. 머리를 하는 그 순간이 누군가의 인생에서 작은 터닝포인트가 되는 순간이 되었으면 한다. 거울 앞에서 자신을 마주했을 때 "오늘 내 모습 정말 마음에 들어"라는 기분 좋은 감정이 마음속에 남는 그런 순간을 만들어 주고 싶었다.

어떻게 보면 미용실은 누군가에게는 새로운 마음으로 다시금 삶을 살아나갈 수 있도록 정리하고 시작하는 공간이기도 하다. 이 사실을 깨달고부터, 일을 대하는 나의 시선과 태도가 완전히 달라지기 시작했다. 머리카락을 자르는 일은 손끝으로 하는 작업이었지만, 사람을 이해하는 일은 마음으로 하는 작업이었다. 그 둘을 동시에 해내는 것이 진짜 미용이라고 믿게 됐다. 진심을 담은 손끝, 마음을 담은 정성. 더 이상 미용은 내게 있어 단순한 '일'이 아니라, 내 삶을 지탱해주는 중심축이 되었다.

사람들 사이에서 '단발머리 대통령'이라는 065 이름으로 조금씩 알려지기 시작했을 무렵, 나는 여전히 전쟁 같은 하루를 살고 있었다. 손님이 늘어나도 마음은 늘 불안했다. '오늘이 마지막일지도 모른다'는 두려움 때문이었다. 하지만 그 불안은 오히려 나를 멈추게 하기보다, 더 치열하게 만들었다.

그 무렵 나는 '나만의 공간'을 꿈꾸기 시작했

다. 누구의 이름도 아닌, 오롯이 나의 철학이 담긴 공간. '마이오헤어'라는 이름은 그렇게 탄생했다. 많은 사람이 "마이오(MY.O)의 뜻이 뭐예요?"라고 묻곤 한다. 내 이름인 '묘정'의 '묘'를 영어로 한 'MYO'에서 'MY'와 'O' 사이의 점 하나는 단순한 문장부호가 아니다. 어떻게 보면 내 인생에서 가장 힘들었던 순간을 찍은 점이기도 하다. 그때 나는 많이 지쳐 있었다. 모든 게 무너져 앞으로 나아갈 힘조차 없었다. 세상에 홀로 남겨진 듯한 고독 속에서 그저 버티는 것 말고는 할 수 있는 게 없었다. 그러다 문득 이런 생각이 들었다. '이 순간도 언젠가, 지나고 보면 그냥 점 하나로 남겠지.' 그렇게 찍은 점 하나가 '마이오'의 시작이었다.

이 점은 내 인생의 쉼표이자, 지난 시간을 끝내고 다시 시작하기 위한 마침표이기도 했다. 힘든 시간도 결국 먼지처럼 사라질 것이라는 믿음 하나로 다시 일어섰다. 사실 처음 'my.o'는 소문자로 표기했었다. 나처럼 작고 흔들리고 불안했던 이름. 하지만 시간이 흐르며 그 점의 의미가 달라졌다. 더 이상 절망의 점이 아닌, 터닝 포인트의 점이 되었고 그때부터 'my.o'는 'MY.O', 대문자로 변경되었다.

오픈 첫날, 티를 내지는 않았지만, 손이 무척이나 떨렸다. 샵에 불빛이 켜지는 순간, 내가 지나온 모든 시간이 주마등처럼 스쳐 갔다. 폐지를 주우시며 나를 업고 다니던 할아버지, 복지관에서 머리를 감겨드리며 웃던 어르신들, 그 시절의 나를 위로해 주던 미용 가위 한 자루. 그 모든 기억이 '마이오'라는 이름 하나에 녹아 있었다.

처음 몇 달은 쉽지 않았다. 햇빛도 잘 들어

오지 않는 반지하에 살면서 미친듯이 꿈 노트에 기록하고, 버킷리스트를 작성하면서 꿈을 꾸기 시작했다. 사람들의 시선이 두려워 역삼 본점에는 아직도 간판조차 달려 있지 않다. 언주역 골목에 숨어서 시작한 그 공간은 햇빛도 잘 들어오지 않을 만큼 인테리어로 꽉 막아 놓기도 했다. 하지만 나는 매일 정성스럽게 바닥을 닦고, 고객의 코트를 받으며, 묵묵히 시간을 채웠다. 퇴근 후에는 반지하에서 앞으로 더 성장할 '마이오'를 꿈꾸며 계획을 기록해 나갔다. 그리고 이렇게 적었다.

"나는 내 고객에게 단순히 머리를 잘라주는 사람이 아니라, 그들의 하루를 회복시켜 주는 사람이 되고 싶다."

그 다짐은 지금까지도 변하지 않았다. '마이

오'는 단순한 샵이 아니었다. 그곳은 내가 세상과 연결되어 있다는 증거였다. 내 손끝이 사람들의 자존감을 세워 주고, 그들의 이야기를 들으며 나 역시 위로받는 공간이었다. 머리를 감겨 주며 눈을 감은 고객의 얼굴을 볼 때마다 이상하게 마음이 차분해졌다. 그건 단순한 일상이 아니라, 내가 이 세상에 존재하는 이유를 확인하는 순간이었다.

시간이 흐르면서 '마이오'는 점점 입소문이 났다. 하루, 이틀, 일주일…. 예약은 늘어갔고, 이전에는 나를 비웃던 사람들도 "어떻게 그렇게 해냈냐"고 물어왔다. 그 질문이 나를 울렸다. 그 당시 마음속으로 수없이 되뇌었던 '처음엔 사람들이 왜 하냐고 묻겠지만, 결국엔 어떻게 해냈냐고 묻게 될 거야'라는 문장이 이루어졌기 때문이다.

‘마이오’를 운영하며 나는 ‘성공’이란 단어의 의미를 새로 배웠다. 내게 성공은 돈이나 지위가 아니라, 내 손끝을 통해 누군가의 하루가 조금 더 나아지는 걸 느끼는 순간이었다. 그 순간이 쌓이며 나는 단단해졌고, 세상 밖으로 나갈 용기가 생겼다.

내가 만든 공간, ‘마이오.’ 그 안에는 눈물로 다져진 과거와 감사로 채워진 오늘이 함께 숨 쉬고 있다. 누군가에게 머리를 자르는 기능적인 측면에서의 공간이 아니라, 삶의 방향을 다시 제시할 수 있는 공간이 되길 바란 그때의 마음은 여전하다. 그래서 나는 오늘도 초심으로 시작했던 점의 의미를 다시금 마음속에 새긴다.

‘이 순간도 언젠가,
지나고 보면
그냥 점 하나로 남겠지.’

072　　살아오며 수없이 많은 실패와 힘듦을 겪었지만, 그중에서도 가장 힘들었던 일을 꼽으라면, 결혼과 이혼이었다. 결혼을 통해 사랑스러운 딸 새아가 이 세상에 태어난 것은 내 인생에 있어 가장 큰 축복이지만, 한편 어린 시절 아빠에 대한 결핍으로 인한 결혼이라는 섣부른 선택 때문에 힘든 시간을 겪기도 했다.

　　어릴 때부터 부모님의 사랑과 관심을 받지

못했던 나는 통금 시간이 있는 친구들이 마냥 부러웠다. 그래서 당시 결혼했던 사람이 "이건 하지 마", "그 친구는 만나지 마", "짧은 옷은 입지 마"라고 간섭하는 말을 사랑이라고 착각했다. 누군가의 보살핌 없이 모든 일을 스스로 선택해야 했기에, 그때는 그 말들이 나를 위한 것이라 착각했다. 그래서 짧은 만남에 프러포즈를 받기까지 물 흐르듯 지나갔고, 할머니의 허락도 구하지 않은 채 눈 깜짝할 사이 결혼식 날짜까지 정해져 있었다.

결혼식을 준비하면서 분명 중간에 멈추고 싶은 적도 있었다. 하지만 이미 개인 블로그에 "저, 결혼합니다"라고 글을 올린 상태였고, 스물두 살밖에 되지 않았던 나에게는 그 자체가 되돌릴 수 없는 선언처럼 느껴졌다. 파혼을 한다는 건, 그 나이의 나에게는 너무 큰 창피함이었다.

결국 예정대로 결혼식을 준비했고 부모님에게는 결혼식 전에 청첩장을 건네며 통보했다. 두 분은 놀란 토끼 눈을 하고 계셨지만, 끝내 아무도 나를 막지는 못했다. 사실 당시 두 분은 결혼을 반대했다. 아직 너무나 어리고 모르기에 분명 후회할 거라고 했다. 하지만 그때 나는 갑자기 적극적으로 내 인생에 개입하려 하는 부모님이 낯설고 불편해서 오히려 반발심이 생겼다. 그래서 결혼해서 더 보란 듯이 살아보겠다고 마음먹었던 것 같다.

아빠는 결혼식 당일 손을 잡고 입장해 주겠다고 말했다. 하지만 아빠는 당시 다른 여자와 함께 살고 있었고, 아빠가 화장실에 간 사이 그분은 내 귀에 대고 이렇게 말했다. "너희 엄마랑 아빠, 결혼사진은 찍지 마렴." 아빠에게는 차마 말하지 못한 채 집으로 돌아오는 길, 나는 길 한

가운데서 펑펑 울고 말았다.

그렇게 결혼식 날이 되었다. 식은 12시에 시작이었다. 하지만 당일 내 손을 잡고 입장해 주겠다던 아빠는 12시가 되고, 12시 15분이 넘었음에도 보이지 않았다. 결국 결혼식 관계자들이 신부 대기실로 들어와 "신부님, 이제 정말 입장하셔야 합니다"라고 말했고, 그렇게 나는 아빠 없이 결혼식장으로 들어갔다. 아무 말도 없이 결혼식 당일 오지 않은 아빠는 그 이후로도 내 연락을 피했다. 처음에는 무슨 사고라도 난 것이 아닐까 걱정했는데, 알고 보니 함께 살던 그분과 다투고 오지 않은 듯했다. 그렇게 한동안 인연을 끊었었는데, 딸 새아를 낳고 보니 문득 이런 생각이 들었다. '아빠도 나를 이렇게 사랑하지 않았을까.' 그래서 용기를 내 아빠에게 먼저 연락을 했다. 하지만 끝내 결혼식 날의 이야기는 하

지 못한 채 간간이 연락만 주고받는 사이가 되고
말았다.

그리고 스물여섯 살에 짧은 결혼 생활을 마
감하고 이혼하게 되었다. 지금에 와서 생각해 보
면, 결혼한 그 순간부터 위태로웠던 것 같다. 그
시절의 나는 마치 쇼윈도 속에 놓인 마네킹과 같
았다. 겉으로 보기에는 아무 문제 없어 보였지
만, 속에서는 계속해서 무너져 내리고 있었다.
그럼에도 나는 정말 최선을 다했다. 그 가족의
공동체 안에 속하기 위해 노력했고, 처음에는 이
제 나에게도 '가족'이 생겼다는 사실이 너무 좋
았다. 이제는 혼자가 아니라는 생각, 어디든 돌
아갈 곳이 있다는 착각 같은 안도감이 나를 잠
시 들뜨게 했다. 하지만 그 감정은 오래가지 않
았다.

외로움은 소리 없이, 그러나 분명하게 나를 잠식해 갔다. 내가 이만큼 최선을 다하면 우리 할머니를 조금 더 챙겨주지 않을까. 내가 더 참고, 더 애쓰면 누군가는 알아주지 않을까. 그런 기대가 마음 한구석에 조용히 자리 잡고 있었던 것 같다. 하지만 외로움은 기대와는 반대로 나를 감싸안아 주지 않았다. 오히려 나를 둘러싼 성벽처럼 점점 더 높아졌다.

나는 자주 창밖을 바라보며 좋지 않은 생각을 했다. 모든 걸 내려놓고 그냥 사라지고 싶었다. 더는 버티지 않아도 되는 곳으로 도망치고 싶었다. 스무 살을 지나 스물다섯 살이 되어서야 나는 깨달았다. 내 취향도, 내 취미도, 내가 무엇을 좋아하는 사람인지조차 모른 채 살아왔다는 사실을. 상대가 먹는 음식이 곧 내가 먹는 음식이 되었고, 상대가 좋아하는 음악이 내 플레이리

스트를 채웠고, 상대가 보는 TV 프로그램이 내 하루의 배경이 되었다. 운동도, 생활 방식도 모두 그 사람 중심으로 돌아갔다. 미용을 제외하고는, 내 의견은 단 하나도 없었다.

나는 그렇게 조금씩 시들어 갔다. 언제부터인가 거울 속 내 눈에는 한없이 슬픔이 고여 있었고, 웃고 있어도 오래가지 않았다. 스물다섯 살, 나는 별거를 결심했다. 그렇게 1년이라는 시간을 떨어져 지냈다. 그 시간 동안 나는 처음으로 '나'라는 사람을 다시 마주했다. 혼자 밥을 먹고 혼자 생각하고 혼자 잠드는 밤들 속에서 나는 비로소 내가 얼마나 오랫동안 나를 잃어버린 채 살았는지를 조금씩 알아갔다. 별거를 한 지 약 2년쯤 지났을 무렵, 나는 법적으로 완전히 이혼하게 되었다. 결혼도, 이혼도 모두 처음이었기에 그 나이의 나는 법적인 서류가 무엇인지, 이혼

절차가 어떻게 되는지조차 알지 못했다. 그저 떨어져 살면 모든 게 끝나는 줄 알았다. 이혼을 하며 내가 가장 뼈저리게 배운 건 가능하면 서류에는 최대한 빨리 도장을 찍어야 한다는 것이었다. 그 당시 회피형 인간이었던 나에게 질질 끌리는 결말은 상처를 몇 배로 키우는 일이었다.

돌이켜 보면 내가 실패라고 느꼈던 건 이혼이라는 하나의 사건이 아니었다. 이혼이라는 과정을 지나오며 겪어야 했던 말들, 시선들, 침묵들, 그리고 혼자 감당해야 했던 수많은 상처가 나를 무너뜨렸다. 하지만 그 시간 속에서 정말 많은 것을 배우기도 했다. 싫은 것에 대해 단호하게 거절하는 법. 원하지 않는 일에 끌려다니지 않기 위해서는 반드시 지켜야 하는 나만의 선이 필요하다는 것. 자의가 아닌 억지로 하는 일은 언젠가 반드시 나를 무너뜨린다는 것. 그 모든 깨달음은 고통의 대가였지만 동시에 나를 더 단단하게 만드는 성장의 계기이기도 했다.

나는 이혼을 단 한 번도 후회한 적이 없다. 그 시절의 일기장에는 행복의 흔적보다 짙은 불행의 흔적이 훨씬 더 많이 남아 있었기 때문이다. 지금 다시 그 일기장을 펼쳐보면 도대체 어떻게 그 시간을 버텼을까 싶을 정도로 그때의 나는 몹시 외롭고, 몹시 불행했다. 분명 행복했던 순간도 있었을 텐데 왜 하나도 떠오르지 않는 걸까. 외롭지 않기 위해 선택한 결혼이었지만 그 안에서 나는 오히려 더 깊은 외로움을 배워야 했다.

누군가는 말한다. 아픈 기억도 시간이 지나면 미화된다고. 하지만 내게는 그렇지 않았다. 나는 그때, 정말로 불행했다. 그 시절의 나는 너

무 어렸고 결혼이 나를 온전히 채워 줄 것이라
믿었다. 하지만 결혼은 나에게 오히려 이 사실
을 알려 주었다. 남을 통해 나를 채우려는 일만
큼 어리석은 선택은 없다는 것을. 그때 나는 처
음으로 나 혼자서도 행복해질 수 있어야 한다는
것, 내 취향과 취미, 내 가치관을 정확히 아는 일
이 얼마나 중요한지를 뼈저리게 배웠다. 무엇보
다 '나 자신을 구하는 일'이 얼마나 중요한지도.

여러 번의 불행을 지나오며 사람들은 나를
보며 말했다. 이제는 끝났다고, 다시 일어서기
힘들 거라고. 하지만 나는 보란 듯이 다시 일어
났다. 사람들은 그런 나를 보고 불사조라고 불렀
다. 모든 걸 잃고도 다시 피어나는 사람. 지금껏
나는 늘 그래왔다. 사람들의 눈에는 내가 실패한
것처럼 보일지 모르지만 내게 실패는 언제나 끝
이 아니라 새로운 시작이었다. 실패는 내가 포기

할 때 비로소 실패가 된다. 하지만 나는 포기하지 않았다. 그리고 지금도 계속 전진하고 있다.

진짜 단단함은 무너지지 않는 데서 오는 것이 아니라, 무너지고도 다시 일어나는 그 과정에서 만들어진다. 변화는 무너짐 앞에서 웅크리고 있을 때가 아니라 아주 조금이라도 일어나기 위해 움직이는 순간 시작된다. 결국 무너지고 끝낼 것인지, 무너짐을 동력 삼아 앞으로 나아갈 것인지를 선택하는 건 언제나 나의 몫이다. 그리고 변화를 만들 수 있는 건 오직, 나뿐이다.

진짜 단단함은
무너지지 않는 데서
오는 것이 아니라,

무너지고도 다시 일어나는
그 과정에서 만들어진다.

084 서른두 살, 그 해는 내 인생에서 가장 끔찍하면서도, 영영 잊고 싶을 만큼 힘든 해였다. 그때의 나는 '외롭다'는 말로도, '남겨졌다'는 말로도 설명할 수 없었다. 그냥⋯ 모든 것을 그대로 내려놓고 싶을 만큼, 사람에 대한 믿음과 애정이 산산이 부서진 시기였다.

함께하던 투자자와의 갈등, 믿고 의지해 왔던 인간관계에서의 환멸, 가족 간의 오해가 쌓여 감당하기 어려워진 마음의 무게. 그리고 무엇보다, 딸 새아와 자주 만나지 못했던 시간. 그 모든 것들이 나를 끝없는 지옥 아래로 잡아당기는 것만 같았다.

그 시절 나는 처음으로 '완전히 혼자'라는 감정을 배웠다. 그리고 이상하게도, 외로움은 시간이 지날수록 무뎌졌다. 외로움을 넘어 사람 자체가 버거워지는 단계에 도달해 있었다.

누군가에게 마음을 내어주는 일은 더 이상 따뜻한 일이 아니라, 나를 소모시키는 일처럼 느껴졌다. 정성스레 마음을 나눴던 직원들이 하나둘 떠나가자 "함께한다는 것이 과연 의미가 있나?" 하는 체념과도 같은 생각까지 들었다.

주변엔 여전히 나를 아껴주고 기꺼이 내 곁

에 남아준 이들이 있었지만, 이상하게도 사람은 열 마디 따뜻한 말보다, 한 마디 차가운 말을 더 오래 붙잡는 존재다. 그 한 문장이 내 가슴을 벨 때마다 감정은 조금씩 죽어 갔고, 어느 순간 나는 눈물 한 방울도 나오지 않는 사람이 되어 있었다.

그때 이후로 나는 내가 진짜 사랑하고 지켜야 하는 관계를 제외하고는 모든 인간관계에서 적당한 거리를 두게 되었다. 한없이 사람을 좋아하던 내가, 이렇게 변하리라고는 단 한 번도 상상해 본 적이 없었다. 그런데 아이러니하게도 성격이 바뀌기 시작하면서 오래도록 나를 괴롭히던 나쁜 습관이 하나둘 사라지기 시작했다.

내 마음을 잠식하던 불안, 누군가에게 끝없이 잘 보이려는 강박, 거절하지 못해 갉아먹던 마음. 그 모든 것이 조용히 떠나가기 시작했다. 그리고 그제야 나는 제대로 숨을 들이마실 수 있게 되었다.

성격이 변하고 난 뒤, 내가 얻은 가장 큰 선물은 거절을 잘하게 된 것이다. 예전의 나는 누군가 부탁했을 때, 거절하면 곧 나쁜 사람으로 보일까 두려워 늘 내키지 않음에도 들어주고는 했다. 거절은 누군가에게 상처 주는 것이 아니라, 내 마음을 지키기 위한 가장 작은 책임인 동시에 진짜 진실된 관계는 거절 하나로 무너지지 않는다는 것을 그때는 몰랐다.

물론 그 해는 나를 산산조각 냈지만, 그 조각들을 다시 맞추는 과정에서 나는 이전보다 훨씬 더 단단한 사람이 되었다. 그리고 지금의 나는 그때보다 훨씬 더 편안해졌고, 훨씬 더 나다워졌다.

사실 지나고 나서야 알게 된 것이 있다. 그때의 나는 정말 혼자가 아니었는데, 스스로를 어둠 안에 가두고 살고 있었다는 사실이다. 나는 혼자라는 확신보다 혼자라고 믿고 싶었던 사람에 가까웠는지도 모른다. 상처를 설명하기 가장 쉬운 말이 "나는 혼자야"였고, 그 말에 기대어 세상과의 거리를 조금씩 더 벌려 갔다. 그렇게 피해망상처럼 굳어버린 생각 속에서 나는 스스로를 고립시켰다.

마음의 문이 한 번 닫히면 그 문을 다시 여는 데에는 생각보다 훨씬 긴 시간이 필요하다. 나는 그 시간을 너무도 잘 안다. 누군가 손을 내밀어도 잡을 힘이 없고, 괜찮다는 말조차 의심하게 되는 그 상태. 어둠이 익숙해져서 빛이 오히려 낯설게 느껴지는 순간들. 그 어둠의 구렁텅이에서 빠져나오기까지 나는 정말 오랜 시간을 보냈다. 한 번에 나오지 못했고 여러 번 다시 미끄러져 내려갔으며 그 과정에서 스스로를 더 미워하기도 했다.

하지만 지금에서야 분명히 말할 수 있는 것은 나는 혼자가 아니었고, 다만 혼자라고 믿고 있었을 뿐이었다는 것이다. 그리고 그 믿음에서 벗어나기까지 시간이 필요했고, 용기보다 먼저 스스로를 이해하려는 인내가 필요했다는 것이다.

어둠에서 나오는 일은 빛을 찾는 일이 아니라 닫아두었던 마음의 문을 조심스럽게 다시 여는 일이었다. 그렇게 나는 조금씩 밖으로 걸어 나올 수 있었다. 그리고 그때의 시간을 후회하거나 비난하지 않는다. 그때의 나는 살아남기 위해 그 방식밖에 몰랐으니까. 그리고 그때 내 곁을 지켜 주었던 내 사람들에게 감사한 마음뿐이다.

그때 당신이 있었기에 지금의 내가 있었음을, 그
래서 다시 세상 밖으로 걸어 나올 수 있었음을
말이다.

1장
지나고 나면 다 먼지 같은 일이다

인생이 무너졌다고 느껴질 때가 있다. 열심 091
히 달려왔지만 방향을 잃은 듯했고, 꿈꾸던 삶이
더 이상 반짝이지 않았다. 그때 나는 외부의 답
을 찾는 대신, 스스로에게 질문을 던진다.

"나는 진정으로 어떤 삶을 살고 싶은가?"
"이대로 포기해도 정말 후회하지 않을까?"
"나에게 행복의 기준은 무엇인가?"
"복지관을 왜 세우고 싶은가?"

처음엔 막연했다. 하지만 매일 적은 질문을 곱씹어 보면서, 나는 점점 내 삶의 코어 밸류(core value), 즉 나를 움직이는 본질이 무엇인지 보이기 시작했다. 돈도, 명예도, 인정도 결국은 수단이었다. 내가 진짜 원한 건 '사람을 치유하고 회복시키는 일' 그리고 '어제보다 더 나은 오늘을 살아가는 힘'이었다.

092 미용은 내게 단순한 일이 아니라 한 사람의 자존감과 마음을 어루만지는 일이었고, 그래서 나는 그 일을 통해 세상을 조금 더 따뜻하게 바꾸고 싶었다. 복지관을 세우고 싶은 이유도 같은 맥락이다. 화려한 성공을 꿈꾸기보다, 나를 통해 누군가가 회복되는 순간을 보고 싶었다. 그렇게 나는 매일 나에게 질문을 던지며 무너진 삶의 잔해 속에서도 다시 방향을 세웠다.

"나는 왜 이 길을 걷는가?"

끝없이 반복한 이 질문이 나를 다시 살게 했다. 그리고 그 질문의 끝에는 언제나 내가 있었다. 꿈을 정의하기 위해서는 세상의 기준보다 나를 더 잘 알아야 했다. 그동안 나는 무엇이든 '이뤄내야 한다'는 생각에만 몰두했다. 하지만 꿈 노트를 쓰기 시작하면서 처음으로 나 자신을 들여다보는 시간을 가졌다. 처음 시작은 하루의 계획보다, 그날의 마음을 먼저 들여다보는 것이었다.

"오늘의 나는 어떤 감정이었나?"
"무엇이 나를 기쁘게 했나?"
"무엇이 나를 지치게 했나?"

그렇게 질문을 적고 답을 써 내려가다 보니,

내 안의 진짜 목소리가 들리기 시작했다. 사람들은 목표를 세우는 데는 익숙하지만, 자신을 바라보는 데에는 서툴다. 나 역시 그랬다. 나를 제대로 알지 못했기에 끊임없이 나에게 상처를 주고, 스스로를 몰아세웠다.

하지만 꿈 노트를 쓰면서 달라지기 시작했다. 내가 진짜 원하는 삶이 무엇인지, 어떤 일을 할 때 가장 행복한지, 어떤 가치관으로 살아가고 싶은지 하나씩 깨닫게 되었다. 그렇게 꿈 노트는 '해야 할 일'을 적는 수단이 아니라, '어떤 사람으로 살아가고 싶은지'를 기록하는 나만의 나침반이 되어 주었다.

꿈을 이룬다는 건 결국 무언가를 성취하는 것이 아니라, 나 자신을 이해하고 단단히 세워가는 과정이다. 결국 나를 지탱한 건 화려한 꿈도, 완벽한 계획도 아니었다. 나를 끊임없이 돌아보게 한 물음표 하나, 그리고 나를 알아가게 한 한 줄의 기록이었다.

나의 첫 꿈 노트는 열아홉 살, 2009년에 시작됐다. 그 노트에는 지금 다시 펼쳐봐도 놀라울 만큼 분명한 문장들이 적혀 있다. 그리고 신기하게도 그 안에 적힌 일들의 대부분을 나는 실제로 이루었다. 그때의 나는 꿈을 '이루는 것'이라고만 생각했다. 원하는 걸 적고, 이루어질 미래를 상상하고, 그곳을 향해 달려가는 일. 그게 꿈이라고 믿었다.

하지만 이혼 이후 나의 꿈 노트는 전혀 다른 얼굴을 갖게 되었다. 더 이상 무엇을 갖고 싶은지가 아니라 '나는 어떤 사람인가'에 대한 질문으로 페이지를 채우기 시작했다. 내가 좋아하는 건 무엇인지, 싫어하는 건 무엇인지. 어떤 상황에서 웃고, 어떤 말 앞에서 무너지는지. 어떤 관계를 편안해하고, 어떤 순간에 숨이 막히는지. 이혼 이후 꿈 노트는 성공을 위한 계획서가 아니라 나를 이해하기 위한 기록장이었다.

스무 살부터 스물아홉 살까지의 나는 계속해서 내 삶에 물음표를 던졌다. 왜 나는 이런 선택을 했을까. 왜 이 말 앞에서 유독 아팠을까. 왜 늘 참는 쪽을 선택했을까. 꿈 노트의 페이지들은 답보다 질문으로 더 가득 찼다. 그렇게 20대의 나는 정답을 찾기보다 나를 알아가는 연습으로 꿈 노트를 채워 갔다. 그 시간은 눈에 보이는 성과로는 설명되지 않지만, 지금의 나를 가장 단단하게 만든 기초공사 같은 시간이기도 했다.

돌이켜 보면 꿈 노트는 미래를 이루기 위한

기록이 아니라, 내 모든 선택을 후회하지 않기 위해 쓰는 방식이었던 것 같다. 내가 나를 잘 알아야 내 선택에 대한 물음표에 대답해 줄 수 있기 때문이다. 그동안의 나는 거절하면 나쁜 사람이 될까 봐, 내 선택은 중요하지 않은 채 그냥 끌려다니기에 바쁜 사람이었다. 하지만 이혼 후부터는 달랐다. 내가 왜 이러한 선택을 했는지, 그때 어떤 마음이었는지, 어디까지가 나의 의지였고 어디부터가 버티기였는지를 잊지 않기 위해 나의 마음을 적어 두었다. 혹시라도 시간이 흘러 그 선택이 상처로 돌아오더라도 나를 먼저 미워하지 않기 위해, '그때의 나는 최선을 다했다'라고 말해주기 위해 말이다. 그래서 그때부터 나는 나의 모든 순간과 선택을 함부로 부정하지 않게 되었다.

결과적으로 선택의 결과보다 그 선택을 할

수밖에 없었던 당시의 나를 먼저 이해하려고 노력하게 되었다. 꿈 노트는 나를 더 잘 살게 만들기보다 나를 덜 아프게 하기 위한 기록이었고, 내 인생에서 가장 다정한 증거가 되어 주었다. 그리고 나는 그 노트 덕분에 다시 길을 잃지 않을 수 있었다.

이제 나는 세상의 기준 속에서 나를 바라보지 않는다. 나만의 기준과 가치 안에서 나를 정의한다. 그래야만 내가 원하는 길을 향해 앞으로 나아갈 수 있다. 다른 사람의 속도에 영향받지 않고, 다른 사람의 이야기에 휘둘리지 않을 수 있다. 오직 나만이 정의한 그 기준에서, 나만의 삶을 살아갈 수 있다.

나는 매일 나에게
질문을 던지며

무너진 삶의 잔해 속에서도
다시 방향을 세웠다.

100 　'마이오'를 만들면서 가장 많이 생각했던 것은 '어떤 공간이 나를 닮은 공간일까?'였다. 나에게 있어 손님은 단순한 '고객'이 아니다. 누군가는 마음이 지쳐 있고, 누군가는 인생의 중요한 변곡점을 지나고 있었고, 누군가는 그저 오늘의 피로를 털어내기 위해 머리를 하러 오기도 한다. 그들은 오늘 하루도 본인의 몫을 열심히 살아 내고 이곳에 잠시 쉬기 위해, 기분을 전환하기 위해 오는 사람들이다.

그래서 나는 뛰어난 미용 실력만으로는 그들을 만족시킬 수 없다는 걸 배웠다. 공간 자체로써 위로가 되어 줄 수 있는 곳. 들어오는 순간 자연스럽게 긴장이 풀리고 마음이 편안해지는 곳. 말을 하지 않아도 있는 그대로 받아들여지는 곳. 그런 공간이 바로 내가 만들고 싶은 '마이오'였다.

빛의 방향, 의자의 간격, 음악, 직원의 말투 하나까지, 모두 '사람'을 기준으로 다시 설계했다. 잠시 이곳에서 머물 때만이라도 누군가의 하루가 조금이라도 부드러워지기를 바랐다. '마이오'는 단순한 미용실이 아니라, 사람이 자기다운 모습으로 돌아갈 수 있는 공간이어야 했다. '마이오' 역삼 본점의 인테리어는 집처럼 편안한 분위기로 만들었다. 고객이 이곳을 휴식처로 생각하고 편안함을 느낄 수 있기를 바랐기 때문이다.

‘마이오’를 운영하면서 나는 일이 단순한 생계 수단이 아니라 ‘철학’이 될 수 있다는 사실을 점점 더 깊이 느끼게 되었다. 한 사람의 머리를 자를 때도 그 사람의 기분, 에너지, 걸음걸이, 말투를 한 번 더 읽게 되었고, 오늘 이 사람은 어떤 기분으로 이곳에 왔는지, 어떤 시간을 보내고 있는지 손끝으로 느끼며, 그 흐름에 따라 손의 속도, 말의 무게, 시선의 방향을 조절했다.

이건 기술이 아니라 태도이고, 태도는 결국 철학이다. 누군가 내게 이런 말을 한 적이 있다. “원장님은 머리를 자르는 것이 아니라, 마음을 정리해 주는 것 같아요.” 그때 그 말이 내 안에 크게 자리 잡았고, 결국 내가 왜 이 일을 하는지, 왜 이 일을 해야 하는지 단순해지는 계기가 되었다.

"사람을 가볍게 만드는 일, 그것이 내가 평
생 하고 싶은 일이다."

무거운 마음, 복잡한 머릿속, 주체할 수 없는
감정과 미련…. 머리를 하는 그 시간만큼은 모든
삶의 무게를 내려놓고, 가벼운 마음으로 온전히
자기 자신에게만 집중할 수 있는 공간. 그것이
'마이오'의 철학이다.

꿈은 기다리는 게 아니라 만드는 것

막연히 생각만 했던 꿈과 목표를 좀 더 구체적으로 생각해 볼 수 있게 해 준 책이 있다. 바로 고등학생 때 읽었던 《꿈꾸는 다락방》이다. 책 속 단 하나의 문장이 내 마음을 오래 붙잡았고 꿈꾸게 했다.

R *(Reality)* → 현실

V *(Vision)* → 비전, 즉 내가 이루고 싶은 꿈

D *(Dream note or Visualization/Action)*

$R = V \times D.$

"현실(R)은 비전(V)과 행동(D)의 곱이다."

"현실은 꿈(Vision)과 구체적인 행동(Dream note or Visualization/Action)의 곱으로 이루어 진다."

이 문장을 본 순간, 나는 처음으로 미래를 계획하는 사람이 되기로 결심했다. 그래서 막연히 '되고 싶은 사람'을 상상하는 걸 넘어서, 직접 내 꿈을 적고 계획으로 옮기기로 했다. 싸이월드가 한창이던 시절, 나는 사람들이 많이 보는 공간에 '꿈의 일기'를 올리기 시작했다. "내가 이루고 싶은 것", "내가 되고 싶은 사람", "내가 만들고 싶은 공간", 이 세 가지를 중심으로 계획표를 짜고, 하루를 시간 단위로 쪼개 해야 할 일을 적어 내려

갔다. 그때의 나는 아직 아무것도 가진 게 없었지만, '상상하는 힘' 하나만은 누구보다 단단했다.

누군가는 어느 날 갑자기 인생이 바뀌었다고 말한다. 하지만 내게는 단 한 순간도 '어느 날'은 오지 않았다. 열다섯 살 겨울, 처음 미용실에서 빗을 잡았을 때부터 지금 서른다섯 살이 될 때까지, 내 삶은 늘 비슷한 리듬으로 흘러왔다. 아침부터 저녁까지 고객을 맞이하고, 머리를 자르고, 정리하고, 그리고 다시 반복이었다. 하지만 나는 그 반복의 힘을 믿는다. 인생을 바꾸는 건 특별한 사건이 아니라, 평범한 날들의 꾸준한 반복 속에 숨어 있다. 꾸준함은 잘 드러나지도 않고 기적보다 조용하지만, 결국엔 기적을 만들어 낼 수 있는 힘이 있다.

지금의 내가 있기까지, 나를 가장 멀리 데려

다준 건 거창한 도전이 아니었다. 그저 매일의 기록이었다. 꿈 노트를 쓰면서 나는 스스로의 가능성을 매일 체크하며 확인했고, 포기하고 싶었던 날에도 '이 꿈을 적던 나'를 떠올리며 다시 일어섰다. 꿈 노트는 단순한 다짐을 담은 기록이 아니라, 내 인생의 지도를 그려주었다. 그 노트를 펼칠 때마다 "나는 아직도 꿈꾸고 있다"는 사실을 깨닫는다. 그리고 그 사실이, 내가 계속 나아가야 할 이유가 되어 주었다. 그래서 나는 오늘도 꿈 노트를 적는다. 아직 오지 않은 내일이지만, 그 페이지 위에서만큼은 이미 이루어진 듯 선명하게 살아 있다.

어릴 적부터 나는 늘 상상부터 하곤 했다. 아직 아무것도 이루지 못했을 때도 마음속에서는 이미 다 이루어진 세상을 그렸다. 마음으로 먼저 본 상상은 내 삶의 첫 번째 설계도였다. 하지만 여기서 중요한 건, 상상에서만 그치면 안 된다는 것이다. D, 즉 구체화된 실행이 없다면 상상은 끝내 상상에서만 머무르다가 흩어지고 만다. 상상을 현실로 바꾸기 위해서는 더디더라도 조금씩 실행으로 옮겨야만 한다.

《꿈꾸는 다락방》을 읽고 나서부터는 상상에 늘 '언제까지'라는 기한을 꼭 붙였다. 단순히 "이루고 싶다"가 아니라 "언제, 어떻게 이룰 것이다"로 바꾸어 적기 시작한 것이다. 그게 내가 말하는 상상의 기술이다. 그냥 바라보는 게 아니라, 실제로 존재하는 것처럼 느끼는 것.

미용을 배우던 시절 나는 매일 상상했다. "언젠가 단독주택에 미용실을 차려야지." 그리고 언주역 골목 단독 주택에 '마이오헤어(MY.O Hair)'가 생겼다. 아직 현실엔 존재하지 않았지만, 내 머릿속에서는 오래전부터 존재해온 이름.

그때 내가 가장 자주 떠올리던 문장은 "Bring the future to the present(미래를 현재로 가져오라)"라는 말이었다. 나는 그 문장을 믿었고, 그래서 아직 이루어지지 않은 꿈이라도, 이미 이루어진 것처럼 행동했고, '언젠가'의 미래를 '지금'으로 당겨와 살기 시작했다. 그렇게 나는 꿈을 '기다리는 사람'이 아니라, 꿈을 '당겨오는 사람'이 되었다. 그리고 그 노트는 실제로 내 꿈을 미래에서 현실로 가져오는 꿈 노트가 되어 있었다. 그래서 '어덴비(AthanBe)'라는 브랜드를 만들면서도 가장 먼저 꿈 노트를 만들었다.

현실은 팍팍했지만, 그 상상 덕분에 현실을 견딜 수 있었다. 매일 아침 일찍부터 밤늦게까지 머리를 자르고, 염색하고, 청소하며 똑같은 하루를 반복하던 시절에도 상상 속에서는 이미 고객이 줄을 서 있는 '마이오헤어'의 풍경이 있었다. 상상 덕분에 나는 도망치지 않았고, 행동할 수 있었다. 그때의 상상과 행동이 없었다면, 나는 여전히 작은 방 안에서 "언젠가"라는 말만 되뇌고 있었을지도 모른다.

하지만 행동했기에 상상은 현실이 되었다. 지금의 '마이오헤어'는 단순한 미용실이 아니라, 누군가의 인생에 있어 터닝포인트가 되는 공간으로 성장했다. 나는 지금도 상상한다. 더 큰 공간, 더 깊은 의미, 그리고 나를 통해 변화될 누군가의 내일을. 상상은 늘 내게 같은 메시지를 건넨다. "네가 상상할 수 있다면, 이미 그건 네 안에서 시작된 현실이야." 그리고 나는 그 현실을, 오늘도 조금 더 가까이 끌어오고 있다.

나를 가장 멀리 데려다준 건
거창한 도전이 아니었다.

그저 매일의 기록이었다.

2장

기적은
매일의 내가
만들었다

114 2018년, 나는 아끼던 제자와 함께 영국으로 '비달사순 아카데미' 수업을 들으러 갔다. 비록 2주 남짓한 일정이었지만, 그 시간은 내 인생에서 처음으로 '오롯이 나를 위한 삶'을 경험한 순간이었다. 용돈을 벌기 위해, 교복을 사 입기 위해, 수업이 끝나면 부리나케 아르바이트를 하러 가야만 했던 학창시절부터 20대 중반까지, 나는 늘 시간에 쫓기고 돈에 쫓기며 살아왔다.

그래서인지 영국에서의 일상은 낯설었지만 그만큼 따뜻하고 설렜다. 아침 일찍 일어나 버스를 타고 학원에 도착해 수업을 듣고, 오후 3~4시쯤 수업이 끝나면 친구들과 시내를 거닐며 머리핀을 사고 뮤지컬을 보기도 했다. 때때로 공원 벤치에 앉아 도시락을 나눠 먹기도 했다. 영국 특유의 잦은 흐린 날씨에도, 비가 와도 그곳에 있을 때만큼은 그 어떤 것도 나를 무겁게 하지 않았다. 처음으로 책임져야 할 존재 없이, 오로지 나라는 사람을 위해 시간을 쓰고 집중할 수 있었다.

그때 영국에서 나는 꿈 노트에 언젠가 내가 만들고 싶은 샵을 그리기 시작했다. 멀리 바다가 보이고 넓은 앞마당이 있는 노란 지붕의 단독주택. 그리고 정확히 1년 후, 우연히 떠난 제주도 여행에서 당시 영국에서 느꼈던 감정을 그대로 다시 마주했다. 여름 제주의 바다. 바람의 온도와 바다의 향을 담은 공기. 그 순간 깨달았다. 아, 그때 꿈 노트에 담았던 내가 만들고 싶은 공간이 바로 여기, 제주도 애월이구나.

마침 아꼈던 제자 한 명의 꿈도 제주도에 미용실을 여는 것이라고 했다. 운명처럼 느껴졌다. 나는 머뭇거리지 않았고, 당시 5억 원을 투자해 제자의 이름으로 미용실 오픈을 준비하기 시작했다. 제주에서의 여정은 결코 쉽지 않았다. 처음엔 모든 게 새롭고 좋았다. 하늘은 푸르렀고, 공기는 달콤했고, 매일 바다가 인사를 건넸다. 나는 그곳에서 새로운 시작을 꿈꿨다. 하지만 타지의 낯선 외로움은 생각보다 훨씬 깊고 무거웠다. 밤이 되면 모든 소리가 잦아들고, 낮 동안 웃던 얼굴들이 하나둘 사라지며 조용한 방 안에 홀로 남겨졌다.

비행기를 타고 오가는 길에서도 공황이 찾아왔다. 숨이 막히고, 세상과 멀어지는 기분이었다. 그 몇 분의 시간이 몇 시간처럼 느껴질 정도로 괴로웠다. 그때마다 나를 붙잡아 준 건 사람이었다. 바쁜 일정 중에도 선뜻 도와주겠다며 서울에서 달려와 준 친구들이 아니었다면, 나는 아마 버티지 못했을지도 모른다. 그들의 손길과 웃음이 그 시절 유일한 위로가 되어 주었다.

다행히 제주점은 순조롭게 시작됐다. 입소문이 퍼지면서 자연스럽게 고객이 늘어갔다. 햇살이 들어오는 미용실 안에서 들려오는 가위 소리와 웃음소리. 모든 것이 행복했다.

하지만 행복은 오래가지 않았다. '마이오' 제주점은 결국 2년 만에 문을 닫고 말았다. 여러 복합적인 이유가 있었다. 숱한 시행착오와 관리의 어려움, 그리고 무엇보다 가장 아꼈던 제자 두 명의 이탈이었다. 그 순간, 세상이 멈춘 듯했다. 내게 그들은 가족이었다. 같이 웃고 울면서 수많은 날을 함께 보낸 사람들이었다. 하지만 이별은 언제나 예상치 못한 곳에서 찾아왔다. 말 한마디로 정리되지 않는 서운함과 오해가 쌓였고, 결국 우리는 서로 다른 길을 걷게 되었다. 내 안에 차오른 불빛이 꺼져버린 것만 같았다. 그 암흑 속에서 정말 아무것도 하고 싶지 않았다. 그리고 상처와 함께 큰 깨달음도 얻었다.

"사랑만으로는 관계가 유지되지 않는다."

"비즈니스는 감정이 아니라, 명확한 약속 위에 서야 한다."

그 일을 계기로 나는 계약의 중요성을 배웠고, 관계만으로 비즈니스를 운영한다는 것이 얼마나 위험한 일인지 몸으로 깨달았다. 관계는 소중하지만, 관계만으로는 오래가지 못한다. 진심은 계약을 대체할 수 없고, 계약은 진심을 보호해 주는 울타리라는 것. 이를 배운 것도 제주에서였다. 돌이켜 보면 제주에서의 시간은 '끝'이 아니라, 내 인생에 있어 또 다른 성장이기도 했다. 나는 그때의 경험을 결코 실패라고 생각하지 않는다. 실패가 아니라, 오히려 나를 더 단단하게 세워 주는 값진 과정이었다.

사람과의 관계에서도 많은 것을 깨달았다. 그 와중에도 한결같이 내 곁을 지켜 주고 있는 사람들, 내가 힘들다고 웅크리며 주저앉아 있을 때조차 묵묵하게 자기 자리를 지켜 주고 있던 직원들.

'나는 왜 늘 떠난 사람만 바라보았을까? 어째서 내 옆에 있는 사람들의 따뜻함을 보지 못했

을까?'

그날, 나는 마음속에 조용히 한 문장을 새겼다. "그래, 이렇게 된 거… 오히려 좋아." 사실은 하나도 좋지 않았지만, 그저 애써 괜찮은 척, 밝고 강한 척하기 위한 내 나름의 한 문장이었다. 다시 일어나 어둠을 밝히고 나아가겠다는 삶의 의지를 담은 문장이기도 했다.

그날 이후, 나는 인생에서 위기를 만날 때마다 이렇게 말한다. "오히려 좋아. 이것도 나에게 주어진 성장의 기회야." 그래서 어느 순간부터 이 문장은 나를 대표하는 말이 되었다. '마이. 오히려 좋아'는 단순히 브랜드의 슬로건이 아니다. 내 인생의 가장 깊은 상처에서 피어난 문장이었고, 내 인생의 철학이자 리더로서 나를 버티게 해 준 주문이기도 하다.

힘들었던 날도, 배신당했던 날도, 그 말 한마
디로 나는 다시 웃었고, 다시 고개를 들었다. 그
리고 다시 나를 사랑할 수 있었다. 이 주문과도
같은 문장을 통해, 상처는 나를 약하게 만드는
게 아니라, 결국 더 단단하게 빚어내는 시간이라
는 걸 깨닫게 되었다.

지나고 보니, 당시 떠나간 사람들도 내게 그
말을 전하기까지 얼마나 미안하고 많은 생각을
했을까 하는 생각이 스쳐 지나갈 때가 있다. 그
들을 원망하지 않는다. 내가 더 잘했더라면 하는
생각과 함께 오히려 나를 다시 돌아보는 계기가
되었다. 그래서 나는 오늘도 이 주문을 외친다.

"마이. 오히려 좋아!"
"이것도 내 이야기가 될 거야."

진짜 선함은 누군가를 살게 하는 마음

어릴 때 나는 '착한 아이 콤플렉스'가 있었다. 부모 밑에서 자라지 못했던 탓일까. 늘 "착해야 한다"는 강박 속에 살았다. 그래서 주어진 일에는 무조건 최선을 다했고, 술과 담배는 절대 하면 안 되는 것이라고 믿어왔다. 항상 예의 바르고, 사람들에게 긍정적인 말을 해야 한다고 생각했다.

어릴 때부터 좋지 않았던 가정환경 속에서

늘 가난에 허덕였다. 그래서 돈을 많이 벌고 싶었다. 하지만 궁극적으로는 단순히 돈이 많은 '부자'가 아니라, 많은 사람에게 선한 영향력을 주는 사람이 되고 싶은 것이, 내가 그리는 인생의 결말이었다. 나는 그런 사람이 되고 싶었다. 내가 하는 말 한마디가 누군가의 하루를 바꾸는, 그런 힘을 가진 사람.

나의 첫 '선한 영향력'은 봉사와 기부에서 시작됐다. 첫 월급을 받던 날, 나는 발달장애 아동 한 명을 후원하기로 했다. 한 달에 5만 원. 큰돈은 아니었지만, 그 아이가 조금이라도 따뜻하게 자라길 바라는 마음이었다. 그리고 힘든 일이 생길 때마다 한 명씩 후원 아동을 늘려 갔다. 내가 아플 때마다, 마음이 무너질 때마다, 누군가의 삶에 등불 하나를 켜 주듯이.

그렇게 시간이 흘러 어느새 19명의 아이를 후원하게 되었다. 이혼 후, 나는 인생이 완전히 무너졌다고 느꼈다. 몸도 마음도 망가졌고, 살아야 할 이유조차 희미해졌다. 그때, 우체통 속에 몇 통의 편지가 도착해 있었다.

"김묘정 후원자님, 감사합니다. 덕분에 저는 생활이 어렵지 않게 건강하게 잘 이겨내고 있어요. 고맙습니다."

또박또박한 손글씨, 어설프지만 진심이 느껴지는 문장. 그 편지를 읽는 순간, 눈물이 멈추지 않았다. 거울 속의 나를 보며 생각했다. '그래, 나는 없어지면 안 돼. 내가 사라지면 이 아이들에게는 후원자 한 명이 사라지는 거야.' 그때 깨달았다. 내가 누군가를 돕는 게 아니라, 그들이 나를 살리고 있었다는 것을 말이다.

한동안 '선한 영향력'에 대해 진지하게 고민한 적이 있다. 단순하게 타인을 돕는 일일까, 아니면 죄짓지 않고 착하게 모범적인 삶을 사는 걸까. 선한 영향력은 어떻게 확산되는 걸까. 나는 늘 그 답을 찾고 싶었다. 그래서 첫 월급을 받고 후원을 시작했고, 봉사활동을 다녔고 감사일기를 쓰기 시작했다. 누군가에게 보여주기 위한 행동이 아니었다. 무너졌던 나를 다시 세우기 위한 작은 연습이었다. 그런데 어느 날부터 주변에서 사람들이 말을 걸기 시작했다.

"묘정아, 나도 해 볼까?"
"나도 봉사 가도 돼?"
"나도 감사일기 써 보고 싶다."

혼자서만 해 오던 일이었는데, 어느덧 함께 하는 일이 되어 있었다. 물론 처음에는 오해도 많았다. "착한 척한다", "보여주기식 아니냐" 하는 말들도 들었다. 그럴 때마다 나는 마음속으로 웃어넘겼다. 진심이었으니까. 내가 진심이니, 그들이 하는 말 따위 중요하지 않았다.

그렇게 1년, 2년, 5년, 10년…. 시간이 흐르자 오해했던 사람들의 시선도 달라지기 시작했다. 이제는 "묘정은 원래 그런 사람이야", "좋은 일을 당연하게 하는 사람이야"라는 말을 더 많이 듣는다. 나는 이 말이 참 좋다. 누가 시켜서 하는 게 아니라, 이제는 내 삶의 자연스러운 일부가 되었기 때문이다.

나는 그렇게 믿는다. "사람들에게 '좋은 사람인 척'하는 건 노력으로 가능하지만, 진짜 좋은 사람이 되어 가는 일은 마음에서 우러나와야 한다"라고. 선한 영향력은 거창하지 않다. 그저 한 사람의 진심 어린 행동이 또 다른 사람의 마음을 흔드는 일이다. 결국, 세상을 바꾸는 건 거대한 기부금도 위대한 명언도 아니다. 그건 오늘도 묵묵히, 누군가의 하루를 밝히는 작은 '좋은 척'에서 시작된다.

그리고 무엇보다 선한 영향력은 누군가의 삶을 조금이라도 밝히는 동시에 나 자신도 어둠 속에서 길을 찾게 해 주는 힘이다. 내가 무너질 때마다, 나를 다시 일으켜 세운 건 결국 '누군가를 위한 마음'이었다. 진짜 선한 영향력은 남을 바꾸는 힘이 아니라 나를 다시 살아가게 하는 힘이다. 그 힘이 내 삶을 구했고, 지금의 나를 만들었다.

선한 영향력은
거창하지 않다.

그저 한 사람의
진심 어린 행동이
또 다른 사람의 마음을
흔드는 일이다.

정말 아끼던 제자가 한 명 있었다. 처음 그 아이가 내 앞에 서던 날이 아직도 기억난다. 눈빛이 맑고, 손끝이 조심스러웠던 아이. 나는 그 아이에게서 예전의 나를 보았다. 그래서였을까. 나는 그 아이를 단순히 직원으로 대하기보다 마음 깊이 가족처럼 아꼈다. 이혼 후 혼자서 '마이오'를 시작했을 때, 이를 함께했던 친구들은 내게 가족과도 같았다. 함께 울고 웃었고, 서로의 생일을 챙기기도 하고, 힘들 때는 아무 말 없이 등을 토닥였다. 그때 나는 믿었다. 이 공간은 단순한 직장이 아니라, 우리 모두의 '집'이 될 수 있을 거라고.

하지만 시간이 지나면서 하나둘 떠나는 사람들이 생겼다. 처음엔 이해가 되지 않았다. 왜일까. 나는 진심이었는데. 함께 울고 웃었는데. 내가 너무 많은 사랑을 줘서일까. 그 사랑이 혹시 부담이었을까. 아니면 내 꿈이 너무 커서 그 안에서 숨이 막혔던 걸까. 그럴 때마다 나는 결국 나를 탓하고, 스스로를 채찍질하며 매일 밤 거울 앞에 앉아 반성했다.

'과연 세상에 영원한 관계가 있을까?'

돌이켜 보면, 우리가 만나는 대부분의 사람은 결국 사회라는 울타리 속에서 일로, 인연으로 만난 사람들이다. 그렇다면 언젠가 각자의 길을 가는 건 지극히 당연한 일 아닐까. 그렇게 생각하고 나자 누군가를 떠나보내는 것을 조금씩 받아들일 수 있게 되었다.

예전의 나는 일적인 관계를 객관적으로 인식하지 못했다. 함께 일하는 사람, 함께 웃던 동료 모두 '가족'이라고 믿었고, 그래서 필요 이상으로 많은 것을 해 주며 이별이 있을 것이라는 생각 자체를 하지 못했다.

하지만 어느 날 문득 깨달았다. 삶의 방향성은 저마다 다르고 사람은 각자의 속도로 성장하고, 각자의 방식으로 세상을 살아가는구나. 우리는 같은 길을 함께 걸었지만, 내가 생각한 '속도'와 그들이 원하는 '방향'은 다를 수밖에 없다. 누군가는 안정적인 길을 원하고, 누군가는 새로운 도전을 원한다. 누군가는 나와 함께 가길 바라지만, 또 누군가는 자신만의 속도로 걸어가고 싶어한다. 그걸 인정하고 나니, 마음이 조금은 편안해졌다. 그 사실을 인정하기까지 오랜 시간이 필요했다.

또한 내가 아무리 진심이라도 그 진심이 누군가에겐 무게가 될 수도 있다는 걸 알았다. 전에 한 친구는 내 꿈이 커질수록 그 길을 함께 걷는 것을 버거워했다. "대표님, 저는 그냥 조용히 1인숍 운영하면서, 한 달에 200만 원만 벌어도 행복해요"라는 그 친구의 말을 들었을 때, 처음에는 속이 상했다. 왜 나와 같은 꿈과 목표를 향해 나아가지 않는지 이해할 수 없었다.

하지만 생각해 보니, 그건 나의 기준이었다. 모두가 같은 속도로, 같은 꿈을 꾸진 않는다. 누

군가는 조용한 삶을, 누군가는 치열한 성취를,
그리고 또 누군가는 단순한 행복을 원한다. 그
사실을 받아들이고 인정하는 게 리더로서 가장
어려운 일이었다. 나는 수없이 고민했다.

'내가 너무 앞서간 걸까?'
'내가 한발 물러서야 할까?'
'내가 그들의 속도를 기다려야 할까?'

133

수없이 방법을 바꿔봤지만, 결국 결이 맞지
않는 사람들과는 자연스럽게 멀어질 수밖에 없
었다. 그리고 그 과정에서 또 한 번의 배움을 얻
었다. 리더십은 누군가를 끌어당기는 게 아니라,
함께 걸을 수 있는 결을 가진 사람을 찾는 일이
라는 걸. 물론 내가 진심을 다해 마음을 나눴던
이들 중엔 그 마음을 약점으로 삼는 사람도 있었
다. 내가 보여 준 인간적인 면을 리더의 약함으

로 오해한 사람도 있었다. 진심은 모두에게 닿지 않는다. 그리고 그게 비로소 '어른의 관계'라는 걸 이해했다.

이제는 억지로 사람을 맞추려 하지 않는다. 모든 사람이 내 편일 수 없고, 모든 사람이 나와 같은 생각을 할 수는 없다. 각자의 길을 존중하면서, 함께 걷는 인연에 최선을 다할 뿐이다. 그러다 보면 결이 맞는 사람을 만나게 된다. 말하지 않아도 통하고, 서로의 시선이 같은 방향을 바라보는 그 순간, 그게 내가 꿈꾸는 진짜 '함께'다.

여전히 누군가를 떠나보내는 건 마음 아픈 일이지만, 이제는 아끼는 제자가 퇴사한다는 말을 들어도 전처럼 울지 않는다. 그리고 이런 생각이 먼저 든다. '이 친구도 나에게 이 말을 꺼내기까지 얼마나 고민했을까.'

남녀관계에서도 그렇지 않은가. 진짜 좋은 사람에게는 이별을 말하기까지 오랜 시간이 걸리듯, 그 친구들도 아마 같은 마음이었을 것이다. 그래서 나는 이제 이별을 상처라고 부르지 않는다. 함께했던 우리의 시간이 끝난 게 아니라 변화의 순간을 맞이했을 뿐이니까. 그래서 그들의 새로운 시작을 응원하며 나는 여전히 같은 자리에서 나의 길을 걷는다. 세상에 '영원한 사람'은 없지만, 그들과 함께했던 시간은 영원히 내 안에 남아 있다. 그래서 이제는 누군가 나의 곁을 떠나 자기만의 길을 걷겠노라고 하면 이렇게 말하며 진심으로 그 길을 응원해주려고 한다.

"너의 길이 너답기를, 그리고 네가 가는 곳에서 꼭 행복하기를."

여전히 함께했던 사람들 중 많은 이들과 사

적으로 만나 밥을 먹고, 함께 봉사활동을 다니며 웃는다. 우리의 시간은 변했지만, 우리의 진심은 여전히 그대로 남아 있다. 이제는 '극복'이라는 말 대신 이렇게 말하고 싶다.

"만남이 있으면, 자연스럽게 이별도 있다. 그러니 평생이란 약속보다 함께하는 동안 진심으로 최선을 다하자."

이 마음 덕분에 나는 이별을 더 건강하게 대할 수 있게 되었다. 억지로 붙잡지 않기에 서로에게 부담이 남지 않고, 미안함보다 응원이 남는다. 그래서 떠나는 사람들과 더 좋은 거리에서, 더 편안한 관계로 남을 수 있게 되었다. 굳이 같은 길을 걷지 않아도 함께였던 시간은 충분히 빛났으니 그것이면 됐다. 울지 않게 된 대신, 조금 더 단단해진 마음으로 각자의 길을 존중하는 것.

그게 내가 사랑하는 사람을 대하는 방식이고, 이
별을 받아들이는 태도이다.

함께하는 그 순간에 최선을 다하자

모든 사람이 내 편일 수 없고,
모든 사람이 나와 같은 생각을
할 수는 없다.

각자의 길을 존중하면서,
함께 걷는 인연에
최선을 다할 뿐이다.

나 역시 어린 나이에 미용을 시작했지만, 미
용을 배우러 오는 사람들은 대체로 어린 나이의
친구들이 많다. 그래서인지 그들을 볼 때마다 어
렸을 적 내가 떠오른다. 그들은 과거의 나처럼
불안했고, 마음 깊이 상처가 있었고, 누군가에게
인정받고 싶은 마음으로 가득했다. 마치 10년 전
의 내가, 내 앞에 서 있는 것만 같았다.

나는 미용을 시작하는 친구들에게, 늘 이렇

게 말했다. "기술보다 마음이 먼저야. 고객님을 절대 돈으로 보지 마." 어쩌면 이 말은 나 자신에게 하는 말이기도 했다. 내 말에 한 친구는 내게 울면서 말했다. "선생님, 저 자신이 너무 싫어요. 아무리 노력해도 부족한 것 같아요. 저는 발전이 하나도 없는 것 같아요." 나는 그 친구를 꼭 안아주며 말했다.

"충분히 많이 발전했어. 처음 입사했을 때는 샴푸도 못했던 네가 1년 만에 샴푸도, 파마도, 염색도 바르는 인턴이 되었잖아? 그리고 느려도 괜찮아. 나도 그랬어. 근데 그때 포기하지 않았더니, 지금의 내가 있더라. 어제와 오늘이 같아 보여도 쌓이고 쌓이면, 어느 날 말도 안 되게 성장해 있는 너를 발견할 거야."

그 말에 울며 고개를 끄덕이는 모습을 보며

깨달았다. 사람을 키운다는 건, 결국 나를 다시 성장시키는 일이라는 걸.

미용 일을 오래 하면서, 나는 내 손끝보다 누군가의 손끝이 성장하는 모습을 종종 보곤 한다. 제자들은 나를 닮아가면서도, 오히려 나보다 더 뛰어난 능력을 보여주었다. 그 과정을 지켜볼 때마다 마음속으로 뜨거운 감정이 올라왔다. 내가 미용을 계속하고 싶은 가장 큰 이유 중 하나이기도 하다.

어떤 제자는 손은 느리지만, 진심을 담아 일한다. 그런 제자는 결국 단단한 신뢰를 가진 디자이너가 된다. 또 어떤 제자는 센스가 남달라서 공간의 분위기를 한 번에 바꿔놓는다. 나는 그들을 통해 '함께 성장한다'는 말의 진짜 의미를 배웠다.

한 사람을 키우는 일은 때론 힘들고 어려운 일이지만, 사실은 나를 더 깊게 성장시키는 과정이기도 하다. 나 역시 그들에게서 많은 것을 배운다. 내가 끊임없이 단단해져야 누군가의 기준점이 되어 줄 수 있구나. 누군가의 기준점이 된다는 것은 그만큼 책임감을 가져야 하는 일이구나. 그래서 나는 매번 손끝에 진심을 담기 위해 노력한다. 진심은 결국 숨겨지지 않으니까.

"괜찮아. 나도 그랬어.
근데 그때 포기하지 않았더니,
지금의 내가 있더라."

144

살아가며 누구나 나의 세계를 확장시켜 주는, 인생의 전환점을 만들어 주는 귀인을 만난다. 내게도 그런 분이 있다. 나의 세계를 다시 디자인해 주신 박재현 교수님이다.

'마이오'를 운영하던 초기 나는 늘 열심히는 했지만, 그 '열심'이라는 것이 구체적으로 어디를 향하는지 명확하지 않았다. 그때는 막연하게 최선을 다하면 잘 되는 줄 알았고, 브랜딩은 멋

있게 보이기 위한 디자인 영역의 문제라고만 생
각했다.

하지만 박재현 교수님을 만나, 브랜딩에 관
해 배우면서 결국 브랜딩은 '이야기가 가진 가장
강력한 힘'이라는 것을 알게 되었다. 교수님은
늘 내게 단호하셨다. "좋아"라는 달콤한 말보다
는 "이건 아니야"라는 냉정한 조언을 더 많이 해
주셨고, 그 한마디 한마디가 오히려 '마이오'를
성장시키는 데 큰 도움이 되었다. '마이오'의 로
고를 소문자에서 대문자로 바꾸었을 때도, 그 타
이밍을 가장 먼저 짚어주신 분이 바로 박재현 교
수님이었다. 내가 '어덴비'를 준비하며 고군분투
하던 당시 교수님은 내게 이렇게 물으셨다.

"묘정아, 너는 고객에게 어떤 메시지를 전하
고 싶어? 네가 세상에 하고 싶은 이야기가 뭐야?"

그 질문 하나가 나의 세계관을 흔들었고 변화시켰다. 그날 이후, 나는 매일 스스로에게 물었다. '나는 이 브랜드를 왜 만들려고 할까? 이 브랜드를 통해 사람들에게 어떤 삶을 전하고 싶은 걸까?' 몇 번이고 스스로에게 질문을 건넸고, 이내 나는 그 답을 찾을 수 있었다.

"어제보다 나은 오늘."

교수님은 처음에 어덴비에서 공책을 만들 것이라는 나의 계획을 듣고 의아해하시며, "묘성아, 미용 브랜드가 왜 공책을 만들어?"라고 물으셨다. 그 말에 나는 웃으며 대답했다.

"교수님, 이건 단지 노트가 아니에요. 이건 '어제보다 나은 오늘'을 살아가기 위한 도구예요. 제 삶에 가장 필요했던 것들을 담은 노트예요."

그 말을 들은 교수님은 잠시 침묵하시더니 조용히 미소 지으며 말씀하셨다.

"좋아. 그런데, 브랜딩은 단거리 경주가 아니라 마라톤이야. 꾸준히 해야 한다. 지치면 안 돼. 묘정, 너 오래 달릴 수 있겠니?"

나는 그 자리에서 웃으며 대답했다.

"교수님, 제가 제일 잘하는 게 그거예요. 오래, 꾸준히, 진심으로 달리는 거요."

그렇게 시작된 브랜드 '어덴비'는 지금도 그 꾸준함 위에서 자라고 있다. 돌아보면, 교수님은 내 인생의 '브랜드 멘토'이자 '생각의 근육'을 키워준 분이다. 가르침은 차갑지만 마음은 따뜻했고, 단호하지만 늘 나를 믿어주셨다. 교수님은 나를 화려하게 칭찬하기보다 내 안의 가능성을 계속 꺼내주었다. 교수님 덕분에 단순히 브랜드가 아니라 인생의 철학을 만들 수 있었고, '제품을 파는 사람'이 아니라 '이야기를 전하는 사람'이 될 수 있었다.

"묘정아, 브랜드는 끊임없이 고객과 연애해야 해. 잊지 마."

내가 인간관계에서 가장 중요하게 생각하는 건 진심, 진정성, 그리고 믿음이다. 이 세 가지는 내가 사람을 대할 때, 항상 마음 한가운데 두는 기준이다.

먼저, 믿음이 없는 관계는 결국 언젠가 무너진다. 친구든, 연인이든, 직원이든 그 사이의 신뢰가 깨지면 아무리 오래 쌓은 정이라도 한순간에 흩어진다. 믿음은 눈에 보이지 않지만 모든 관계의 뿌리이자, 토대다. 한 번 흔들리면 다시 세우는 데 시간이 걸리지만, 그래서 더 소중하다. 그래서 나는 언제나 믿음을 잃지 않기 위해 노력해 왔다.

두 번째, 진정성은 말보다 깊다. 그건 눈빛에서, 행동에서, 그리고 '시간을 쓰는 방식'에서 드러난다. 고객과의 관계도, 친구와의 관계도, 직원과의 관계도 마찬가지다. 진정성이 없는 관계는 오래가지 못한다. 그건 얕은 파도 위에 세운 모래성과 같아서 언제든 무너질 수 있다. 나는 얕은 관계보다 깊은 관계를 원한다. 서로의 마음을 꿰뚫어 볼 수 있는, 시간이 흘러도 변하지 않는 그런 관계.

그리고 마지막으로, 진심은 눈에 보이지 않지만 세월이 흘러도 사라지지 않는다. 바로 마음에 남는다. 나는 늘 관계 속에서 최선을 다하는 편이었다. 더 따뜻하게, 더 진심으로 다가가고 싶었다. 그런데 언젠가부터 깨달았다. 진심이 호의로만 받아들여질 때가 있다는 걸. 그리고 그 호의가 권리가 될 때, 관계는 금이 가기 시작했다.

그때는 '내가 뭘 잘못했을까?', '왜 이렇게 끝나야 할까?' 스스로를 수없이 자책하기도 했다. 하지만 시간이 지나고 보니 진심은 결국 돌아왔다.

"묘정아, 요즘 네 생각이 나더라."
"그때 너한테 받았던 마음이 얼마나 진심이었는지, 시간이 지나고 나서야 알겠어."

나의 진심을 고스란히 받아, 자신의 진심을 전해주는 이들의 말이 내게 큰 위로가 되었다. 내가 흘려보냈던 마음들이, 결국은 누군가의 기억 속에 남아 있었던 것이다.

직원들에게도 종종 "원장님만큼 저를 진심으로 생각해주셨던 분은 없었어요"라는 말을 듣기도 하고, 심지어 헤어진 전 연인에게서도 "지나고 나서 보니, 너처럼 진심이었던 사람은 없더라"라는 말을 들은 적이 있다. 그럴 때마다 나는 '그래, 진심은 결국 시간이 증명해 주는구나' 하고 다시금 믿게 되었다.

진심은 돌아오고, 진정성은 남으며, 믿음은 관계를 지탱한다. 이 세 가지가 내가 가진 인간관계의 중심이자, 내가 세상과 연결되는 방법이다. 나는 여전히 관계 속에서 상처받기도 하고, 때론 오해받기도 한다. 하지만 괜찮다. 그 모든 순간이 나를 조금 더 깊은 사람으로 만들어 줄 테니까. 결국 관계란, 얼마나 오래 함께했는가보다 얼마나 진심이었는가로 남는다고 믿는다.

관계란,
얼마나 오래 함께했는가보다
얼마나 진심이었는가로 남는다.

가능성을 온전하게 믿어 주는 일

154 　　내 인생에서 절대 잊을 수 없는 한 사람이 있다. '끌리메' 이은 대표님. 이은 대표님을 처음 만났을 때, 나는 완전히 무너져 있었다. 서른을 앞둔 당시 나는 막 이혼을 한 후였고 내게 남은 건 6억 원의 빚이었다. 직원들의 월급, 정액권 환불금, 밀린 월세, 사기당한 돈까지…. 감당할 수 없을 만큼의 책임이 내 어깨 위로 쏟아져 나를 짓누르고 있었다.

반지하 원룸에 앉아 나는 매일 같은 질문을 되뇌었다. "이건 과정일까, 결과일까? 내가 버틸 수 있을까?" 지금껏 그 누구보다 열심히 살아왔기에 더 서글펐다. 최선을 다했는데, 정말 악착같이 노력했는데, 왜 결과는 늘 눈물일까. 그때는 세상의 모든 빛이 내게서 멀어지는 것만 같았다.

가장 힘든 그 시기에 이은 대표님을 만나게 되었다. 개인적으로 친분이 있던 사이도 아니었고, 전에 한 번 뵌 게 다였다. 하지만 머리를 하러 '마이오'까지 나를 찾아온 이은 대표님은 마치 오래전부터 내 삶을 알고 있던 사람처럼 따뜻한 눈으로 나를 바라봐 주셨다. 그리고 이렇게 말씀하셨다. "묘정, 이제 날개 달고 더 높이 올라갈 준비가 된 걸 축하해." 그 한마디에 나는 지탱해 오던 끈이 끊어질 것만 같았다. 대표님의 머리를 자르던 손이 떨려왔고, 눈물이 멈추지 않았다.

　"대표님, 저… 너무 힘들어요. 정말 열심히 했는데…. 지금 제 인생은 왜 이럴까요"라는 내 말이 채 끝나기도 전에, 대표님은 내 손을 꼭 잡으며, "왜? 날개를 달고 앞으로 더 올라갈 일만 남았는 걸. 너무 부럽다. 일단 급한 불부터 꺼. 다 잘 될 거야"라고 말씀하시며, 선뜻 내게 2억 원을 건네셨다. 나는 그날, 사람의 순수한 '선함'이라는 게 이렇게 눈부신 거구나, 처음 알게 되었다. 그분은 나를 불쌍히 여긴 게 아니었다. 나의 가능성을 믿어준 첫 번째 사람이었다. 나는 펑펑 눈물을 흘리며 대표님께서 건네주신 돈을 받았다. 처음이었다. 누군가에게 이렇게 도움을 받는 것이. 심지어 부탁하지도 않았는데 먼저 선뜻 힘든 상황을 알고 돈을 빌려준 사람은. 정말 너무나도 감사해서, 그리고 너무 간절해서. 그 돈으로 가장 급한 빚부터 갚았다. 그리고 그날 밤, 하늘을 보며 다짐했다.

"이 은혜, 절대 잊지 않을게요. 그리고 언젠가, 저도 누군가에게 따뜻한 손을 내밀 수 있는 대표님 같은 사람이 될게요."

그 후 나는 진짜 죽을 각오로 살았다. 아침에는 미용실에서, 밤에는 동대문에서 옷을 떼 와서 의류 쇼핑몰을 운영했고, 새벽에는 호프집에서 아르바이트를 했다. 고작해야 하루 두어 시간 정도밖에 잠을 자지 못하는 탓에 늘 눈이 퉁퉁 부은 채로 고객을 맞아야 했다.

사람들은 그런 나를 볼 때면, "묘정아, 어떻게 그렇게 사니?"라고 말하곤 했다. 그럼 나는 겉으로는 웃으며 속으로는 이렇게 되뇌었다. '지

금 내 인생은 신이 내게 준 보너스와도 같으니까, 나는 이미 한 번 죽은 것이나 다름없으니까.'

나에게 손을 내밀어주신 감사한 마음에 하루하루를 악착같이 버텼다. 그리고 기적처럼 3년이 지나고, 나는 이은 대표님께 전화를 드렸다. "대표님, 빚을 다 갚았습니다. 그때 빌려주신 돈도 오늘 다 보내드렸어요." 전화기 너머로 들려온 대표님의 목소리는 늘 그렇듯 따뜻했다. "그럴 줄 알았어. 묘정이는 그런 사람이야." 그 말에 다시 눈물이 났다. 슬퍼서가 아니라, 살아낼 수 있어서, 살아 있어서, 그래서 울었다.

이은 대표님은 내 인생의 은인이자 진정한 '선한 영향력'의 상징과도 같은 분이다. 한 번의 믿음으로 나를 다시금 세상으로 이끌어주신 분이다. 그분이 내게 보여준 믿음이 지금의 나를

만들었다. 나는 그분을 통해 배웠다. 진짜 선함
은 누군가를 무작정 도와주는 것이 아니라, 누군
가의 가능성을 온전하게 믿어주는 일이라는 것
을. 그 후로 나 역시 주변의 누군가가 힘들거나
지쳐 있을 때마다 이렇게 말하곤 한다. "괜찮아,
급한 불부터 끄자. 잘 될 거야." 이는 단순한 위
로가 아니라, 내가 받은 기적을 다시 돌려주는
일이었다.

사람마다 '선함'의 기준은 다를 것이다. 누군
가는 나눔이라 말하고 누군가는 배려라고 말하
겠지만, 나에게 선함은 조금 다르다. '내가 간절
할 때, 나를 믿어주고 도와주는 마음.' 그 마음은
단순한 동정이 아니다. 절실한 누군가를 '살게
하는 힘'이다.

이은 대표님이 내게 보여준 그 믿음이 바로

그랬다. 그 한 번의 진심이 내 인생을 통째로 바꾸었다. 그분이 내게 내밀어준 손은, 단지 나를 일으켜 세운 것뿐만 아니라 내 안의 용기를 다시 일깨워주었다.

선한 사람은 완벽한 사람이 아니다. 오히려 부족하고, 흔들리고, 상처투성이지만, 그럼에도 불구하고 누군가의 절망 앞에서 외면하지 않고, "괜찮아, 넌 할 수 있어!" 하고 묵직한 한마디를 건네는 사람이다. 나는 이제 안다. 진짜 선함은 누군가에게 용기를 주는 마음이라는 것을. 다시금 살아갈 수 있는 희망의 등불을 밝혀주는 일이라는 것을.

진짜 선함은 누군가를
무작정 도와주는 것이 아니라,

누군가의 가능성을
온전하게 믿어주는 일이다.

162 나를 보고 많은 사람이 긍정적이라고 말하는데, 사실 나도 처음부터 긍정적인 사람은 아니었다. 오히려 나는 부정의 끝자락까지 달려가 본 사람이었다. 모든 것이 마음에 들지 않았고, 모든 상황이 나를 향한 공격처럼 느껴졌다. "나만 왜 이렇게 힘든 걸까", "세상에서 내가 제일 불행한 것 같아", "나는 원래 이것밖에 안 되는 사람인가 봐" 같은 말로 스스로를 깎아내리기 일쑤였다. 그리고 그렇게 쌓인 말들은 나의 하루를,

감정을, 선택을 안 좋은 방향으로 몰아가고 있었
다. 지금 생각해 보면 피해망상 속에 살고 있었
던 게 아닐까 싶다.

요즘의 나는 "행복해", "지금 정말 좋아",
"나는 잘 가고 있어"와 같이 긍정적인 말을 자주
내뱉는다. 정말 진심으로 행복하고 좋기 때문이
다. 하지만 처음부터 진심이었던 건 아니다. 어
떤 날은 너무나도 불행했음에도 행복하다고 말
했고, 올바른 길로 가고 있는 것인지 확신할 수
없었음에도 잘 가고 있다고 되뇌었다. 매일 아침
그렇게 스스로에게 이야기했고, 때로는 일기장
에 적거나 일부러 누군가에게 말로 전할 때도 있
었다. 그렇게 억지로라도 긍정의 말을 계속 내뱉
다 보니 점점 하루의 결이 조금씩 바뀌기 시작했
다. 마음 자체가 밝아졌고 사람을 대하는 태도가
달라졌고, 좋아하는 일이라고 생각하니 정말로

더 좋아졌다. 일도, 봉사활동도, 함께하는 직원
들도 어느 순간부터 그저 고마운 존재로 보이기
시작했다.

감정 일기장을 쓰기 시작한 것도 나에게는
큰 전환점이었다. 내 감정을 들여다보고 이 감정
이 어디서 왔는지를 진지하게 생각하게 되었다.
그리고 무엇보다 내 감정을 표현하는 방법을 배
우게 되었다. 예전의 나는 아프고 힘들어도 늘
괜찮다고, 아무 일 없다고 스스로를 속이며 살았
다. 하지만 지금의 나는 일기장 안에서라도 내
감정을 건강하게 꺼내 놓을 수 있게 되었다. 특
히 아침마다 쓰는 감사일기는 나를 가장 많이 변
화시켰다. 처음에는 감사할 일이 떠오르지 않아
억지로 적을 때도 있었는데, 어느 순간부터 감사
할 것들이 먼저 눈에 들어오기 시작했다.

확언은 현실을 부정하는 말도, 지금의 나를 속이는 말도 아니다. 확언은 내가 어디로 가고 싶은지, 자기 자신에게 반복해서 알려주는 방향표와 같다. 그래서 나는 더 이상 "언젠가 행복해지고 싶다"라고 말하지 않는다. 그 대신 "나는 지금도 충분히 괜찮고, 점점 더 좋아지고 있다"라고 말한다. 그렇게 말하는 순간, 스스로 조급해 하지 않고 몰아붙이지도 않게 된다. 그저 오늘을 조금 더 부드럽고 단단하게 살아갈 수 있는 힘을 준다.

나 역시 한때는 마음이 아픈 사람이었다. 세상을 적대적으로 바라보고 나 자신조차 믿지 못하던 사람이었다. 하지만 지금의 나는 그 누구보다 에너지가 넘치고, 그 누구보다 건강한 마음으로 살아가고 있다. 그리고 그 에너지는 내 안에만 머무르지 않고 주변으로 흘러가, 그들에게도 영향을 미친다.

확언의 힘은 기적처럼 하루아침에 삶을 바꾸는 데 있지 않다. 대신 나 자신을 대하는 태도를 매일 아주 조금씩 바꿔 놓는다. 그리고 그 작은 변화들이 쌓이면, 어느 날 문득 돌아보았을 때 전혀 다른 사람이 되어 있는 나를 발견하게 된다. 긍정은 타고나는 것이 아니라, 꾸준한 연습의 결과로 만들어진다. 그래서 오늘도 나는 나에게 확언한다.

“나는 행복하다. 나는 누구보다 잘 될 사람이다. 나는 성공한다.”

"나는 행복하다.

나는 누구보다
잘 될 사람이다.

나는 성공한다"

　　　사람들은 종종 나를 보며 이렇게 말하곤 한다. "대표님은 진짜 강해요", "어떻게 그렇게 잘 버텨요?" 그 말을 들을 때마다 나는 웃으며 대답한다. "버티다 보니, 어느새 즐기고 있더라고요." 한때 나는 정말 버티는 데에만 집중하며 살았다. 쓰러지지 않기 위해 이를 악물었고, 무너지지 않기 위해 애써 웃었다.

　　　그때의 '버팀'은 내게 생존이었다. 눈물이 나

도 주저앉아 있을 수 없었고, 상처받아도 무너져 있을 수 없었다. 그럴 때마다 나는 더 열심히 일했다. 그건 살아남기 위한 나의 유일한 생존 방식이었다.

하지만 단순히 버티는 것만으로는 원하는 삶을 살아갈 수 없다. 물론, 버티는 것도 반드시 필요한 과정임은 맞다. 그 과정이 있지 않고는 어떠한 결과도 얻을 수 없기 때문이다. 다만, 버티는 데에도 분명한 의도와 목표가 존재해야 한다. 그래야만 길고 긴 버팀의 과정과 아픔이 이후 단단한 근육으로 자리 잡을 수 있고, 이후부터는 쌓아온 근육이 삶을 지탱해 주기 때문이다. 아픔과 시련, 실패는 언제든 다시 찾아올 수 있다. 그럼에도 앞서 쌓아온 단단한 근육이 있다면 제로 베이스가 아닌, 어느 정도 기반이 다져진 상태에서 시작할 수 있다.

우리는 '성공'과 '실패'라는 결과에 얽매어 정작 중요한 '과정'을 놓칠 때가 많다. 하지만 삶은 그렇게 단순하지 않다. 실패라고 생각했던 순간도 시간이 지나고 보면 성공을 향해 나아가는 데 필요한 하나의 과정이었던 경우도 많고, 당시에는 끝이라고 생각했던 일도 지금에 와서 보니 새로운 시작이 된 경우도 있었다. 또 무너졌다고 믿었지만 그건 더 단단한 나로 태어나기 위한 중요한 과정이기도 했다. 그래서 나는 이제 '결과'보다 '과정'에 집중한다. 성공과 실패, 두 단어로 인생을 구분 짓지 않는다. 그 사이사이에 배움, 성장, 그리고 변화가 있었기 때문이다.

지금의 나 역시, 내가 꿈꾸는 성공의 기준에는 아직 한참 미치지 못한다. 하지만 그 문 앞에 다가가는 과정 하나하나가 이미 나를 만들어주고 있다고 믿는다. 그래서 매일 실패의 순간과 과정의 단계를 기록하고 있다. 그 기록들이 쌓이고 쌓여 나의 방향성을 만들어주기 때문이다. 또한 순간의 감정에 흔들릴 때마다 단단히 붙잡아주는 힘이 되어 주었다. 지금도 때때로 힘들 때마다 그 기록을 꺼내 보곤 한다. 그러다 보면 '아, 이건 실패가 아니었구나'하고 깨닫게 되는 때도 있다.

과정이 없는 결과가 과연 의미가 있을까. 영화든 드라마든 극적인 서사일수록 사람들은 더 감동한다. 지난한 과정을 지나 마침내 피어나는 하이라이트 장면이 있기에 오히려 아름답다. 사소한 오해에서 비롯된 다툼, 주변 사람들로 인한 어긋남, 이별, 그리고 운명적인 재회. 그 모든 과정을 겪으며 함께 성장했기에 결국 사랑도 더 빛나는 것처럼, 우리의 인생 역시 그렇다.

아직 마주할 인생이 더 길지만, 나의 삶도 한 편의 긴 영화와 같았다. 결혼과 임신, 출산과 육아, 이혼, 그리고 사업을 하기까지. 모든 과정이 정말 말로는 다 설명할 수 없을 정도로 다사다난했다. 그때는 모든 걸 포기하고 싶을 정도로 힘들었지만, 지나고 보니 그 안에서 나는 매번 새롭게 성장하고 있었다.

그래서 나는 여전히 결과론적인 성공보다는 그 결과로 가기까지의 과정이 더 궁금한 사람이다. 결과는 언젠가 따라오겠지만, 그 과정에서 울고 웃으며, 더 성장하고 단단해질 내가 기대된다. 그게 지금, 내가 버티며 살아가고 있는 이유이기도 하다.

버티는 데에도
분명한 의도와 목표가
존재해야 한다.

174 　　　'마이오'가 성장하고 어느 정도 안정적인 궤도에 오르면서 오히려 생각과 고민이 더 많아졌다. 전에는 어느 정도 회사가 안정되면 좀 더 편해질 것이라 생각했는데 아니었다. 오히려 회사가 성장하면 할수록 리더로서 책임져야 할 직원이 늘어나고, 운영의 무게가 커지고, 사람을 이끄는 일이 얼마나 어려운지 실감했다.

　　　더 이상 혼자만 잘한다고 될 일이 아니었다.

누군가의 인생에 영향을 주는 위치가 된다는 건, 지금껏 내가 해 왔던 개인적인 노력과는 다른 무게의 책임을 지게 된다는 의미였다. 원장이라는 자리는 칭찬을 받는 자리보다 결정해야 하는 일이 더 많은 자리이기에, 누군가에게 상처를 주지 않으려고 천 번 생각한 선택이 또 다른 누군가를 불편하게 만들기도 했다. 그리고 깨달았다. 결국 모두를 만족시킬 수는 없다. 그렇다면 여기서 내가 할 수 있는 가장 최선의 선택은 무엇일까.

"성장은 편안함이 아니라, 불편함을 받아들이는 순간부터 시작된다."

지금껏 성장해오며 늘 한순간도 쉽게 흘러간 적이 없었다. 어쩌면 너무도 당연한 일이다. 한 사람과의 관계를 유지해 나가기도 어려운데, 회사란 그보다 더 다양한 사람들이 모여 함께 나아가야 하는 일이다. 그런 의미에서 무엇보다 중요한 것이 회사의 공동 목표이고, 함께 일하는 이들이 그 목표를 위해 나아갈 수 있도록 내가 단단한 중심축에 서 있어야 한다는 것이다. 상황에 따라, 내 감정에 따라 이리저리 흔들린다면, 그 누구도 나를 믿고 따라올 사람은 없다.

내가 리더로서 가장 행복한 순간은, 내가 잘될 때보다 우리가 함께 성장하는 과정과 시간을 지켜보는 일이고 함께 성장한 사람들이 빛을 발할 때이다. 제자들이 성장하는 모습을 볼 때면, 마치 아이가 자라는 모습을 지켜볼 때와 비슷한 감정을 느낀다. 누구나 처음에는 같은 위치에서 시작한다. 하지만 같은 1년, 3년, 5년을 일하더라도 그 과정을 어떻게 보내느냐에 따라 성장의 속도는 다르게 흘러간다.

결과에 관한 이야기를 하고 싶은 게 아니다. 나만의 목표, 내가 이루고 싶은 것들, 그리고 나만의 일에 얼마만큼 진심으로 다가가고 있는지에 관해 말하고 싶다. 성장의 모든 것은 내가 만든 과정에 의해 결정되기 때문이다. 그 과정을 함께하고 있다는 것만으로도 가슴이 벅차오른다.

리더로 산다는 건 누군가의 삶에 불을 켜주는 일이다. 그 불은 내 등 뒤에서 켜질 때도 있고, 내 앞에서 번질 때도 있다. 때로는 어둠 속에서 길을 비추는 등불이 되고, 때로는 멀리서 바라보며 조용히 응원하는 달빛이 되기도 한다. 그게 내가 믿는 리더의 자리다. 나는 제자들에게 늘 이렇게 말하곤 한다.

"나보다 더 멋진 사람이 되어 줘. 그게 나에

게 주는 가장 큰 선물이야."

진심이었다. 어떨 때는 그들에게서 더 많은 것을 배울 때도 많다. 누군가는 제자가 나보다 더 앞서 나가면 시기와 질투로 불안함을 느껴 못된 마음을 먹기도 한다. 하지만 나는 조금도 불안하지 않다. 오히려 따뜻한 응원의 마음과 기쁨이 올라온다. 그건 경쟁에서 느끼는 감정이 아니라, 함께 자라나는 과정에서 오는 연대의 마음이다.

리더 역시 사람이고 완벽할 수 없다. 그저 함께 손을 잡고 걸을 뿐이다. 다만, 누군가 넘어졌을 때 손을 내밀어주고, 방향을 잃었을 때 조용히 등을 밀어줄 수 있는 사람이 좋은 리더이다. 리더로 산다는 건 무한한 책임을 느끼는 것이지만, 그 안에는 말로 다 할 수 없는 기쁨과 감사가 있다. 내가 사랑하고 믿는, 진심으로 아끼는 사람들이 세상 속에서 묵묵히 자기만의 길을 걸어갈 때, 나는 그 모습을 바라보며 조용히 미소 짓는다. 그리고 그 모습을 지켜볼 때마다 새삼 깨닫는다. 아, 이게 바로 내가 살아야 할 이유이구나.

그들이 나를 통해 성장하듯, 나 역시 그들을 통해 배우고, 깨닫고, 단단해진다. 나에게 진짜 성공은, 단순히 높은 매출에서 오는 정량적인 수치가 아니라, 나로 인해 누군가의 인생이 변화하고 성장했다는 사실이다. 단 한 사람이라도 나로 인해 조금이라도 인생이 나아지고 긍정적인 방향으로 흘러가고 있다면, 그것만으로도 충분하다.

성장은
편안함이 아니라,

불편함을 받아들이는
순간부터 시작된다.

서른 중반이 되면서, 나는 종종 무언가를 새 181
로 시작하기에는 너무 늦은 건 아닐까 생각하고
는 했다. 주변에만 봐도 서른 중반, 마흔이 되면
어느 정도 자리잡힌 모습을 생각하지, 새로운 도
전을 하는 데에는 멈칫하는 경우가 많다.

그런데 미용 봉사를 다니기 시작하면서, 복
지관에서 80대, 90대의 할머님들을 자주 만나면
서 생각이 조금씩 바뀌기 시작했다. 그분들을 만

나면 나는 꼭 같은 질문을 한다.

"할머니, 몇 살로 다시 돌아가고 싶으세요?"

그러면 할머니들은 망설임 없이 말씀하신다.

"나는 딱 10년 전, 80살 때로 돌아가고 싶어."

왜 하필 10년 전이냐고 여쭤보면, 그때는 무릎도 아직 괜찮았고, 잘 걸을 수 있던 때라서 그때로 돌아간다면, 꽃구경도 더 많이 다니고 여행도 더 자주 다녔을 거라고 말씀하신다. 그 말씀을 들을 때마다, 고작해야 서른 중반인 내가 '너무 늦은 건 아닐까?'라고 생각했던 게 부끄러워진다. 나에게는 아직 시간이 정말 많이 남아 있는데. 시간이 없어서 못 한다고 했던 말들은 어쩌면 전부 핑계였는지도 모르겠다.

지금의 나에게, 무엇이든 다시 도전할 수 있는 충분한 시간과 충분한 용기가 있다는 걸 그분들이 알려주셨다. 봉사는 그런 것 같다. 누군가를 돕기 위해 간 곳인데, 언제나 그곳에서 나는 생각지도 못한 선물을 자주 받는다.

어느 날 만난 한 할아버지는 과거에 바이올린을 만드는 일을 하셨다고 했다. 나무를 다듬고 소리를 만들어내는 아주 섬세한 직업이었다. 하지만 그 일을 그만두고 10년 동안 택시 기사로 일하셨다고 했다. 왜 바이올린을 그만두셨냐고 여쭤보니, 할머니가 아프게 되어 아내와 여행을 다니고 싶어서 택시 기사 일을 선택했다고 하셨다. 그리고 조용히 이런 말을 덧붙이셨다.

"다시 돌아가도, 나는 우리 마누라랑 또 결혼할 거야."

할아버지는 미용 봉사가 있는 날이면 꼭 양복을 입고 오시는데, 할머니께서 양복 입은 모습을 좋아하신다고 한다. 거동이 불편해 휠체어를 타고 계신 할머니와 그런 할머니 곁에서 양복을 입고 휠체어를 밀며 걸어오시는 두 분을 볼 때면 늘 마음이 따뜻해진다. 두 분의 모습을 보며 깨달았다. 인생에는 정말 다양한 형태의 사랑이 있고, 그 사랑은 반드시 돈이나 조건으로 증명되지 않는다는 것을. 세상에는 마음이 부자인 사람들이 분명히 존재한다는 것을.

그래서 나는 더 많은 사람이 봉사를 경험했으면 좋겠다. 이타적인 마음으로 산다는 게 결코 쉬운 일은 아니지만, 봉사는 누군가를 위해 나를 희생하는 일이 아니라, 오히려 나 자신을 채워가는 일이라는 것을 봉사를 통해 배웠다. 그리고 그 배움 덕분에 나는 더 이상 내 나이에 연연하지 않는다. 언제나 지금의 나는 충분히 젊고, 충분히 가능성이 많은 사람이다.

혹시 마흔이나 쉰의 나이에 새롭게 시작해야 하는 출발점에 서 있는 분들이 있다면, 이 말을 꼭 전하고 싶다. 여든의 할머니, 할아버지가 10년 전으로 돌아가고 싶다고 말씀하시는 것에 비하면, 우리는 아직 이미 살아온 삶을 한 번 더 살아볼 수 있을 만큼 충분한 시간을 가지고 있다고 말이다. 이미 늦었다고 느껴지는 그 나이조차 누군가에게는 간절히 돌아가고 싶은 가장 젊은 시절이다. 지금까지의 삶이 후회로 가득해 보이더라도, 그 시간은 앞으로의 선택을 조금 더 단단하게 만들어 줄 재료가 될 것이다.

마흔은 끝이 아니고 쉰은 늦음이 아니다. 그 나이는 비로소 나 자신을 알고 나를 기준으로 선택할 수 있게 되는 가장 현실적인 시작점일지도 모른다. 그러니 다시 시작하기에 늦었다고 스스로에게 말하지 않았으면 한다. 우리는 아직 한 번 더 살아볼 수 있을 만큼 충분히 젊고, 충분한 가능성을 가진 사람들이다.

성공이란 무엇일까. 흔히들 성공했다고 하면 회사의 매출이 오르고 성장하는 것과 동시에 여유로운 삶을 생각한다. 나 역시 그렇게 생각했던 때가 있었다. 그렇다면, 돈을 얼마나 벌어야 성공했다고 자신 있게 말할 수 있을까? 돈만으로 성공을 말할 수 있을까? 물론 돈이 없으면 자유 역시 없는 건 사실이지만, 그렇다고 해서 돈이 많다고 모든 삶이 평온해지는 건 아니다.

나에게 있어 성공한 삶이란, 내가 시간을 선택할 수 있는 삶이다. 시간적 여유가 있고 그 시간을 내가 온전히 즐길 수 있는 삶. 돈 때문에 불안하지 않고, 시간에 쫓기지 않으며, 내가 사랑하는 사람들과 나누는 평온한 하루. 그 순간이야말로 내가 꿈꾸는 성공의 모습이다. 그래서 내게 성공은 더 많은 돈이 아니라 더 단단한 나만의 '기준'을 갖는 것이다.

188

그리고 그 기준은 자연스럽게 내가 닮고 싶은 사람을 통해 배우게 되었다. 내가 닮고 싶은 사람이자 존경하는 '준오헤어' 강윤선 대표님은 단지 잘나가는 경영자가 아니라, 사람을 키우고 가치를 만드는 리더였다. 그분은 단순히 돈을 번 사람이 아니라, 가치를 창조한 사람이다. 수많은 디자이너에게 '미용'이라는 직업의 자부심을 심어 주었고, 8,000억 원이라는 엑싯을 이루며 미용의 가치를 세상에 증명했다.

무엇보다 멋진 건 그분이 지닌 여유로움이다. 절대 돈으로 과시하지 않고, 3,000명의 제자와 함께 그보다 더 많은 후배를 양성하며 '나눔'으로 진짜 성공을 보여주는 사람이다. 진정한 성공이란 그런 게 아닐까? 보여지는 화려함보다, 시간이 지나도 흔들리지 않는 내면의 여유. 그게 바로 내가 꿈꾸는 진짜 성공이다. 그분의 삶을 보며 생각했다. "아, 성공은 단순히 숫자가 아니라 깊이구나."

나 역시 깊이를 쌓는 사람이 되고 싶다. 겉으로만 번지르르한 화려한 삶이 아니라, 내 삶 전체에 흔들림 없는 가치를 지닌 사람. 그 기준을 갖게 된 순간, 나는 비로소 성공을 좇는 사람이 아니라 성장을 선택하는 사람이 되었다.

3장

어느 날, 갑자기는 없었다

어느 날, 갑자기는

내가 하는 선택이 만드는 하루

내가 후배나 팀원에게 가장 자주 하는 말이 있다. "어차피 해야 할 거라면, 즐기면서 하자."

어차피 출근해야 하는 직장인이라면, 인상 쓰며 보내기보다 나를 위해 열심히 하루를 살아 내고, 어차피 해야 하는 일이라면, 불평불만을 하기보다 억지로라도 웃으며 기분 좋게 해 보자고. 사실 많은 시간 속에서 우리가 하기 싫다고 피할 수 있는 일들은 생각보다 많지 않다. 그러니 피할 수 없다면 차라리 즐기면서, 프로답게 해내자는 게 나의 생각이다.

나 역시 늘 그렇게 살아왔다. 매일이 힘듦의 연속이고 예기치 못한 불행이 찾아왔지만, 해야 할 일이라면 억지로라도 웃으며 즐겁게 해내자고 마음먹고 그 속에서 어떻게든 행복을 찾아내려고 노력했다. 행복은 꼭 특별한 날에만 오는 게 아니었다. 지금 이 순간, 내가 어떻게 바라보고 어떤 태도로 임하는지에 따라 달라졌다.

모두에게 주어진 시간은 똑같다. 그 시간을 어떻게 쓰느냐에 따라 하루가 달라지고, 앞으로의 인생이 달라진다. 오늘을 대충 흘려보내면 내일도 흐려지고, 오늘을 최선을 다해 살아 내면 내일은 분명 더 나아진다. 결국, 그 하루하루의 선택이 모여 나의 미래를 만든다.

때때로 식당이나 카페, 혹은 병원에서 밝게 웃으며 일하는 사람들을 볼 때면, 그들의 친절한 한마디, 따뜻한 미소 하나로 나의 하루 역시 따뜻해지곤 한다. 그들에게서는 긍정적인 에너지가 느껴진다. 아, 정말 자신의 일을, 그리고 자신의 삶을 사랑하는 사람이구나 하는 생각에 존경심이 절로 느껴진다. 그래서 나 역시 우리 직원들에게 늘 이야기한다. "누군가의 하루에 네가 '고마운 사람'이 되고, '다시 보고 싶은 사람'이 되었으면 좋겠어." 따뜻한 미소, 인사 한마디와 같은 작은 친절에는 누군가의 하루를 바꾸는 강력한 힘이 있으니까.

피할 수 없다면 즐기며 해내는 사람, 힘들어도 웃으며 버티는 사람. 그 사람이 결국 가장 멋진 프로라고, 나는 믿는다. 삶은 매 순간이 선택의 연속이다. 오늘 하루 나의 태도, 기분, 감정,

모든 건 나의 선택에 달려 있다. 그리고 그 선택
이 당신의 하루뿐만 아니라 누군가의 하루도 변
화시킬 수 있다.

오늘을 대충 흘려보내면
내일도 흐려지고,

오늘을 최선을 다해 살아 내면
내일은 분명 더 나아진다.

예전의 나는 생각처럼 일이 잘 풀리지 않거 나 감정적으로 너무 지칠 때면, 늘 내가 아닌 그 상황과 사람에게서 원인을 찾으려 했다. 일이 힘 들기 '때문에', 사람이 지치게 하기 '때문에', 상 황이 나를 어렵게 만들기 '때문에'라고 말하면서 말이다. 그러던 어느 날 '때문에'라는 단어를 '덕 분에'로 바꾸어 보았다.

"힘든 상황 덕분에 내가 단단해졌다."

“상처 주는 사람 덕분에 사람의 마음을 배웠다.”

“실패 덕분에 진짜 나를 다시 세웠다.”

단어 하나만 바뀌었을 뿐인데, 어느샌가 세상을 바라보는 마음가짐이 완전히 달라지기 시작했다. 가끔 부정적인 생각이 나를 삼키려 할 때면, 나는 ‘감사’라는 표현 안에서 긍정의 힘을 믿기 시작했다.

처음 감사일기를 쓰게 된 계기는 ‘준오헤어’의 정옥 전무님과의 대화에서 시작됐다. 그 시절 나는 현실의 무게와 우울함이 너무 커서 내 어두운 기운이 주변 사람들에게까지 번지고 있었다. 그 모습을 조용히 바라보던 전무님은 이렇게 말씀하셨다.

"묘정 씨, 나도 감사일기를 쓴 지 벌써 2년이 되었어요. 오프라 윈프리도 매일 쓴대요. 돈 드는 일도 아닌데, 한번 써 보는 게 어때요?"

그 말이 오래도록 마음에 남아 '그래, 감사일기 쓰는 데 돈 드는 것도 아닌데 한 번 해 볼까?' 하는 마음으로 시작했다. 처음 감사일기를 쓸 때는 너무 어색했다. 무엇을 감사해야 할지조차 몰랐다. 그래서 "오늘 커피가 맛있었다", "오늘 손님이 내게 미소를 지어줬다"와 같은 작고 사소한 일들을 억지로 찾아 적었다. 처음에는 며칠 쓰다가 말기도 하고, 또 며칠 쉬었다가 다시 쓰기를 반복했다.

그런데 이상하게도 며칠을 반복하자 내 시선이 달라지기 시작했다. 전에는 불평하던 일에도 감사의 이유를 찾게 되었다. "비가 와서 기분이 우울해"에서 "비 덕분에 미용실이 조금 한가해져 직원들과 음료를 마실 수 있었다"처럼 어떠한 일도 바라보는 시각 자체가 달라져 있었다.

어느 날 문득 깨달았다. 감사 역시 결국 마음의 습관이라는 것을. 매일 양치하는 것처럼, 감사 역시 매일 훈련해야 유지되는 감정이었다. 그래서 나는 매일 아침 10가지의 감사한 마음을 적기 시작했다. 처음에는 인스타그램 스토리에 업로드했고, 나만의 감사 노트로 이어졌다.

"마이오를 찾아주시는 고객님들께 감사합니다."
"좋은 대화를 나눌 수 있어서 감사합니다."
"함께 일할 동료가 있어서 감사합니다."

이렇게 하루를 시작하면 어떤 어려움이 와

도 마음이 쉽게 무너지지 않는다. 감사일기는 나를 더 긍정적이고 밝은 사람으로 바꿔 주었다. 불행을 탓하던 내가 위기를 기회로 바라보는 사람이 되었고, 그 결과는 내 삶 전반에 놀라운 변화를 일으켰다. 이건 단순히 긍정적인 마음을 가지려는 의식이 아니라, 내 뇌와 마음을 감사의 주파수로 맞추는 시간이다. 뇌는 우리가 반복하는 생각을 현실로 인식한다. 그래서 아침에 일어나 하는 첫 생각이 부정적이면 하루를 피로하게 만들고, 긍정적이면 하루를 유연하고 단단하게 만든다.

"아침의 긍정은 하루를 바꾸고, 반복된 아침의 긍정은 인생을 바꾼다."

어떤 날은 힘들고, 버겁고, 눈물 나는 날도 있다. 하지만 그런 날일수록 '오늘을 어떻게 바라볼지' 선택하는 힘이 중요하다. 긍정적인 아침은 마치 마음의 방향을 북쪽으로 돌려놓는 나침반과 같다. 그 방향만 잃지 않으면 어떤 폭풍이 와도 길을 잃지 않는다. 그래서 나는 오늘도 아침마다 나에게 말한다.

"오늘은 괜찮은 하루가 될 거야."
"나는 어제보다 더 단단해지고 있다."

202

하루를 그렇게 시작하면 여전히 똑같은 환경, 똑같은 사람, 똑같은 세상일지라도 세상을 바라보는 나의 시선이 달라진다. 그리고 결국, 그 시선이 내 인생을 바꾼다. 감사하는 마음에는 놀라운 힘이 있다. 그래서 나는 오늘도 작은 감사들을 적는다. 그리고 그 한 줄 한 줄이 쌓여 내 인생을 조금씩 빛나게 만들고 있다.

습관은 한 번의 결심으로 만들어지지 않는다. 런던 대학교의 한 연구 결과 습관이 자리 잡는 데는 평균 66일이 걸린다고 한다. 평소 자기 관리가 잘 되는 사람은 18일이면 충분하지만, 일반적으로 자기 관리가 부족한 사람은 습관 형성에 254일이 소요되기 때문에, 어떠한 일을 지속하기 위해서는 최소 두 달 이상은 유지하라고 한다.

꾸준히 무의식 속에서 '나'를 만들어가야만 한다. 꾸준함은 요란하지 않지만, 어느 순간 인생의 방향을 바꿔 놓는다. 감사일기를 쓰는 습관, 꿈 노트를 쓰는 습관, 기록으로 내 감정을 정리하는 습관, 이 모든 것이 쌓여 오늘의 나를 만들었다. 감사는 단순히 '좋은 말'이 아니라, 나를 살린 언어였다. 감사 덕분에 나는 버텼고, 감사 덕분에 나는 단단해졌고, 감사 덕분에 나는 여전히 꿈꾼다.

꾸준함은
요란하지 않지만,

어느 순간 인생의 방향을
바꿔 놓는다.

나는 매일 아침 감사일기를 적으며 하루를   205
시작하는데, 어느 날부터 감사한 마음을 노트에
만 기록할 것이 아니라, 직접 그 사람에게 표현
하면 좋겠다고 생각했다. 속으로만 전하는 진심
이 그 사람에게 닿을 리 없었으니까. 그래서 그
날그날 고마운 세 사람을 떠올리고는 감사의 메
시지를 보낸다.

"○○야, 진심으로 고마워. 너를 알게 되고,

너의 노력과 진심 덕분에 내가 이렇게 성장했고, '어덴비'가, '마이오'가 조금씩 자라가고 있는 것 같아. 쉬운 일이 아닐 텐데, 늘 이렇게 마음 써 줘서 고마워."

메시지를 보내면서 치킨 혹은 커피 한 잔과 같은 작지만 마음을 담은 기프티콘을 함께 전한다. 다섯 줄의 짧지만 진심이 담긴 글과 1~2만 원을 전하는 건 단순한 행위를 떠나, 나의 온 마음을 나누는 일이다. 이 다섯 줄의 진심은 누군가의 아침을 환하게 밝혀주며, 스스로 소중한 사람임을 일깨워 주게 한다. 이보다 더 값진 선물이 있을까.

나를 통해 감사일기를 쓰게 된 지인들의 SNS에 가끔 내 이름이 언급되어 있는 걸 보기도 하는데, 그럴 때면 '아, 나도 누군가의 하루를 조금 더 따뜻하게 만들어 줬구나' 하는 생각에 참 행복하다. 그 후로 나도 감사일기 속에 꼭 그 사람의 이름을 적기 시작했다. 그 사람이 자신의 이름을 발견할지 알 수는 없지만, 그럼에도 표현하는 것이 중요하다. 감사는 표현하지 않으면 결국 내 마음속에만 머물다 사라진다.

착함에도 무게가 있다

누군가 내게 "착하게 살아서 이득 본 적 있어요? 요즘 세상은 착하면 손해 아닌가요?"라고 물은 적이 있다. 물론 이득을 본 적도 있지만 손해를 본 적이 훨씬 많다. 그럼에도 내 대답은 변함없다. "착해서 손해 보는 건 잠깐이고, 나쁘게 사는 건 평생의 벌이에요." 그렇다고 해서, 내가 착한 사람이라고는 생각하지 않는다.

살다 보면 착한 마음이 이용당하기도 하고,

좋은 의도가 왜곡되기도 한다. 또 순수함이 약점처럼 보일 때도 있다. 나 역시 여러 차례 이 같은 경험을 했다. 나도 누군가의 도움을 절실하게 바랐던 적이 있었기에, 누군가 도움이 필요하다고 하면 잘 거절하지 못하는 성격이었다. 그래서 지인이든 SNS에서 처음 본 사람이든 "할머니랑 밥 먹을 돈이 없어요", "아이 분유 살 돈이 없어요", "강아지가 아픈데 수술비가 없어요"라는 메시지를 받으면 도저히 모른 척할 수가 없었다. 그렇게 50만 원, 100만 원…. 여러 번 돈을 빌려줬지만, 한 번도 갚은 사람은 없었다.

한번은 한 학생이 '마이오'를 찾아온 적이 있다. 미용을 배우고 싶은데, 학원비를 낼 돈이 없다고 했다. 자신의 이름과 연락처를 적어 주며 "정말 열심히 해서 꼭 갚을게요"라고 말했다. 나의 어릴 적도 생각나고, 그 친구의 용기가 참 대견해서 나는 아무런 의심 없이 학원비와 재료비까지 해서 100만 원이 넘는 돈을 그 자리에서 학원으로 바로 송금해주었다.

며칠 후, 문득 학원은 잘 다니고 있는지 궁금한 마음에 학원에 전화를 걸었다. "혹시 ○○ 학생 잘 다니고 있나요?" 그리고 돌아온 대답에 한동안 아무런 말도 할 수 없었다. "그 학생, 집에 사정이 생겼다고 하면서 환불받고 그만뒀어요." 순간 숨이 막혔다. 단순히 돈 때문만은 아니었다. 내가 믿은 진심이 진실이 아닐 수도 있구나. 이렇게 쉽게 무너질 수도 있구나. 믿음이 사라진 것이 더 아팠다.

그날 이후로 나는 세상을 조금 더 객관적으로 바라보기 시작했고, 더 이상 모르는 사람에게 돈을 빌려주지 않았다. 그때 받은 상처가 나를 더

단단하게 만들어 주었고, '착함에도 무게가 있다'
는 걸 배웠다. 선함은 누구나 가질 수 있지만, 그
걸 끝까지 지켜내는 건 쉽지 않은 일이라는 것도.

그래도 나는 여전히 사람을 믿는다. 다만, 이
제는 지혜롭게 믿는다. 그때의 나는 너무 순수하
게 세상을 믿었고, 지금의 나는 따뜻한 마음으로
세상을 이해하려고 한다. 착하다는 건 세상에 휘
둘리는 게 아니라, 세상 속에서도 내 마음을 잃
지 않는 일이라는 걸 그때 비로소 배웠다.

진짜 선함이란 모든 사람을 돕는 게 아니라,
도움을 줄 '때'와 '방식'을 아는 것이다. 그래서
나는 지금도 여전히 선한 사람이 되고자 노력한
다. 다만, 조금 더 단단하고 조금 더 현명한 방식
으로 말이다.

결국 사람 덕분에 다시

내가 살아남을 수 있었던 이유를 하나만 고르라면 나는 주저 없이 '사람'이라고 말할 것이다. 사실 나는 지금껏 사람에게서 많은 상처를 받았다. 믿었던 사람에게 배신당한 적도 있고, 내가 건넨 진심이 오해가 되어 돌아온 적도 있었다. 그러나 사람에게 다친 만큼 다시금 사람으로 회복되기도 했다. 누군가는 말 한마디로 나를 무너뜨렸지만, 또 다른 누군가는 아무 말 없이 내 옆에서 조용히 지지해주는 것만으로도 큰 힘이 되기도 했다. 그 과정을 겪으며 깨달았다.

"사람 때문에 상처받았다고 사람을 멀리할
필요는 없다."

상처도 사람에게 받았지만 사랑도 사람에게
서 받았고 가능성 또한 사람을 통해 발견했다.
그래서 나는 이제 받았던 사랑을 돌려주는 방식
으로 살아가고 싶다. 그게 누군가의 하루를 살리
는 작은 힘이 되길 바라며, 내가 지난 길을 다른
누군가는 조금 더 편하게 지나갈 수 있기를 바
란다.

사람은 나를 완성시켰고, 나는 그 완성 위
에 또 다른 사람을 세우고 있다. 이 과정이 반복
되며 서로의 삶을 단단하게 만든다. 내가 선택
한 일, 내가 만든 공간, 내가 지켜 온 태도는 결

국 모두 사람에게 닿기 위해 존재한다. 그 사실을 알게 된 뒤로 나는 흔들리더라도 쉽게 무너지지 않는다.

특히 지금의 나에게 결정적인 영향을 준 사람이 있다. 돌이켜 보면 내 안에는 여러 명의 내가 있었다. 늘 무언가를 이루기 위해 앞만 보고 달려가던 10대의 나, 세상의 인정이 전부라 믿으며 자신을 몰아붙이던 20대의 나, 겉으로는 단단했지만, 조금의 균열에도 금세 무너져버리던 30대의 나. 언제나 열심히 살아왔지만, 정작 '나'를 돌볼 줄 몰랐다. 그렇게 단단한 척하며 열심히 살아왔건만, 조용하게 부서지고 있다는 걸 깨닫지 못했다.

"너무 단단하면 깨져버린다"는 말처럼, 나는 스스로의 압박에 금이 가 있었다. 그때 그 사람이 내 삶에 들어왔다. 그와의 시간 속에서 나는 처음으로 '솔직한 나'를 만났다. 그 사람은 나에게 꾸준함이란 무엇인지, 진심이란 무엇인지, 말의 무게가 얼마나 중요한지를 보여줬다. 그는 자기 자신을 끊임없이 돌아봤다. 잘못을 인정했고, 변화를 두려워하지 않았다. 비겁하게 숨지 않고 늘 정면으로 세상을 마주했다. 나는 그 모습이 참 좋았다. 아니, 부러웠다. 내게 없던 단단함이었다.

사랑하는 사람과의 관계에서는 '거울의 힘'이 있다. 그 사람을 보며 나는 내 안의 부족함을 마주하게 됐다. 나는 타인의 시선에 너무 흔들렸고, 내 약함을 감추려 애썼다. 하지만 그 사람은 내 상처를 두려워하지 않았고, 있는 그대로의 나를 바라봐주었다. 그 순간부터 나는 점점 그를 닮아 갔다. 내면이 단단해지고, 중심이 생기기 시작했다. 누구의 말에도 휘둘리지 않게 되었고, 조용히 나의 길을 걸을 수 있게 되었다.

그와 함께하며 나는 깨달았다. 진짜 사랑은, 누군가에게 의지하는 게 아니라 서로의 내면을 성장시키는 일이라는 걸. 그 사람은 나를 구원하지 않았다. 대신 나 스스로 나를 구원할 수 있도록, 빛을 비춰 주었다. 나는 그를 통해 '나 자신을 사랑하는 법'을 배웠다.

이전의 나는 늘 남을 위해 살았고, 누군가를 채워 주는 데 온 힘을 쓰느라 정작 내 안은 텅 비어 있었다. 하지만 이제는 안다. 진짜 사랑은 나를 비우는 게 아니라, 함께 나를 채워 가는 일이라는 걸. 그 사람에게서 배운 것들을 짧은 글로 다 담을 순 없겠지만, 그의 존재는 내 인생의 문장 곳곳에 조용히 숨 쉬고 있다. 그 사랑 덕분에

나는 더 단단해졌고, 더 유연해졌으며, 무엇보다
나 자신을 믿게 되었다.

어떻게 보면 사람만큼 누군가에게 큰 영향
을 끼치는 존재는 없다. 그런 의미에서 사람은
한 사람이 성장해 나가는 모든 과정에 속해 있는
셈이다. 인생은 결국 사람으로 시작해, 사람으로
완성된다. 그래서 이제는 말할 수 있다.

"나는 사람에게 상처받았지만, 결국 사람 덕
분에 다시 사랑을 배웠다."

진짜 사랑은,
누군가에게 의지하는 게 아니라
서로의 내면을 성장시키는 일.

장애인복지관으로 봉사활동을 다니면서, 그 219
곳에서 가장 먼저 느낀 것은 여전히 우리 사회는
장애와 비장애를 나누는 선이 분명하다는 사실
이었다. 어느 날 한 센터장님이 이런 말씀을 하
셨다.

"장애가 더 이상 장애가 아닌 날까지, 저는
솔선수범해서 계속 후원할 겁니다."

이 말이 이상하게 오래도록 마음에 남았다. 목표나 의지가 아니라 태도처럼 느껴졌기 때문이다. 언젠가가 아니라 지금, 누군가 대신이 아니라 나부터 그렇게 하겠다는 말 같아서, 그 문장이 마음 깊은 곳에 남았다.

사실 장애는 우리의 삶과 동떨어진 단어가 아니다. 누구나 겪을 수 있고, 누구나 주변에 존재할 수 있다. 우리 엄마는 소아마비로 장애가 있다. 엄마는 어린 시절부터 장애가 있다는 이유로 많은 놀림을 받으며, 점점 말수가 줄어들었다. 사람마다 타고난 기질이 있기 마련인데, 나는 외향적인 기질로 태어났고 중학생이 되어서야 엄마의 이야기를 처음 제대로 듣게 되었다.

그 이후 나는 학교에서 특수반을 관리해주는 학생을 뽑는다는 것을 알고 지원했다. 그때 처음으로 발달장애 친구들이 생겼다. 어릴 땐 친구의 갑작스러운 행동에 놀라기도 했지만, 시간이 흐르고 장애인복지관을 계속 드나들다 보니, 그 친구들 역시 우리와 같은 사람일 뿐이었고, 다르고 낯선 존재가 아니었다.

지금은 제자들을 데리고 봉사를 다닌다. 물론 처음에는 다들 어색해 한다. 어디를 보아야 할지, 어떻게 말을 걸어야 할지 몰라 몸이 먼저 굳곤 한다. 당연하다. 오히려 그 모습이 더욱 예뻐 보인다. 그렇게 하루가 끝나면 아이들의 표정이 사뭇 달라진다. 웃음을 가득 머금은 얼굴에서 그 하루가 얼마나 행복하고 멋진 날로 기억될지 그대로 눈에 그려진다.

복지관에서 공연이 있는 날이면, 아이들은 직접 본인이 하고 싶은 머리핀을 고른다. 그 작은 손으로 좋아하는 색과 모양을 고르면, 나는 그 머리핀으로 머리를 예쁘게 묶어 주고 꾸며 준다. 그 순간만큼은 아이든 어른이든 장애가 있든 없든 모두가 똑같다. 자신이 고른 머리핀을 한 채 행복해 하는 아이의 예쁜 미소를 볼 때마다, 문득 이 일을 하길 정말 잘했다는 생각이 든다. 장애와 비장애를 구분 짓기보다 사람과 사람으로 만나게 해 주는 아름다운 직업이라는 사실에, 온 마음이 따뜻해진다.

어릴 때부터 내가 돈을 많이 벌고 싶었던 건, 지독한 가난 때문이기도 했지만, 무엇보다 도움이 필요한 사람들에게 베풀고 싶은 마음 때문이었다. 그래서 늘 주변 사람들에게 그렇게 말했다. 돈을 많이 벌어, 많은 사람에게 베풀고 싶다고. 그렇게 입 밖으로 계속 꺼내다 보니, 어느 순간부터 정말 그런 사람이 되어 가고 있다. 아직

완성된 건 아니지만, 적어도 방향만큼은 분명히
잘 걸어가고 있다고 확신한다. 장애가 더 이상
장애가 아닌 세상. 그 말이 언젠가의 구호가 아
니라 일상의 풍경이 되는 날이 오기를. 나는 오
늘도 조용히, 그러나 꾸준히 미용을 통해 그 길
을 걸어가고 있다.

어느 날, 갑자기는 없었다

"어느 날, 갑자기는 없었다."

"처음엔 사람들이 그것을 왜 하는지 묻겠지만, 결국엔 어떻게 해냈냐고 물어볼 것이다."

누군가 내게 인생의 가치관 혹은 인생의 방향성을 바꾸어 준 문장이 있느냐고 물은 적이 있다. 그때 바로 이 두 문장이 떠올랐다. 이 문장은 내 인생의 방향을 정해 주었고, 내가 흔들릴 때마다 중심을 잡아 주는 나침반이 되어 주었다.

나는 늘 기적 같은 순간을 꿈꿨다. 어느 날 갑자기 인생이 바뀌고, 어느 날 갑자기 사람들이 나를 알아봐 주고, 어느 날 갑자기 모든 게 잘 풀릴 거라고. 하지만 현실은 정반대였다. 삶은 '어느 날'이 아니라, '매일'이 쌓여 만들어지는 것이었다. 기적은 하루의 꾸준함이 모인 결과였다.

처음엔 많은 사람이 나를 의아하게 봤다. "그걸 왜 해?", "그게 될까?" 미용을 시작했을 때도, 꿈 노트를 쓰고, 브랜드를 만들고, 복지관을 꿈꿀 때도 늘 비슷한 시선이 따라왔다. 하지만 나는 흔들리지 않았다. 그 말이 나를 더 강하게 만들었고, 언젠가 '어떻게 해냈는지' 보여줄 날이 반드시 올 것이라 믿었다. 그래서 나는 노트에 이렇게 썼다. "어제보다 나은 오늘을 살자. 아주 조금이라도 나아지면 된다."

그렇게 나는 하루하루를 쌓아가며 '기다림'과 '꾸준함'의 진짜 의미를 배웠다. 그리고 어느 순간, 세상의 시선이 바뀌기 시작했다. 예전엔 "왜 그걸 해?"라고 묻던 사람들이 이제는 "어떻게 그걸 해냈어?"라고 묻기 시작한 것이다. 그 순간 깨달았다. 내가 이 자리에 설 수 있었던 건 특별한 재능 때문이 아니라, 포기하지 않은 꾸준함과 믿음 덕분이었다는 걸 말이다.

나는 늘 내게 이런 질문을 던진다. "내일 내가 세상에 없다면, 오늘 나는 어떤 삶을 살고 싶을까?" 그 마음으로 고객을 대했고, 그 마음으로 직원을 대했고, 그 마음으로 사랑하는 사람을 대했다. 언젠가 내게 내일이 오지 않더라도, 오늘 하루만큼은 후회 없이 살아 내고 싶었다. 그렇게 하루를 진심으로 대하다 보니 내 인생은 어느새 내가 바라던 방향으로 흘러가고 있었다. 나는 이제 믿는다. 기적은 기다리는 게 아니라, 매일의 나로 만들어가는 것임을. 그래서 오늘도 노트에 같은 문장을 다시 쓴다.

"어느 날 갑자기는 없다. 하지만 매일의 내가 모여, 결국 꿈 노트에 적은 그날을 만든다."

"내일 내가 세상에 없다면,
오늘 나는 어떤 삶을
살고 싶을까?"

살다 보면 주체할 수 없을 정도로 흔들릴 때   229
가 있다. 지금껏 잘해 왔음에도 문득 일에 확신
이 서지 않고, 모든 게 낯설게 느껴질 때면 포기
할까, 그만둘까 고민될 때가 있다. 그럴 때마다
나는 항상 나 자신에게 '왜'라는 다섯 번의 질문
을 던진다.

"왜 이 일을 시작했지?"
"왜 지금 이 길에 서 있지?"

"왜 포기하고 싶을까?"

"왜 두려운 걸까?"

"왜 이것을 원하는 걸까?"

이 다섯 번의 '왜'라는 질문을 따라가다 보면, 삶의 방향을 깨닫게 된다. 그 끝에서 늘 내 진심이 나오기 때문이다. 거짓 없이, 포장 없이, "그래, 나는 이 일을 진심으로 사랑하고 있었구나", "지금 힘든 건 포기가 아니라 잠깐의 쉼이 필요해서구나" 하는 대답이 내 안에서 조용히 올라온다.

처음 '마이오'를 오픈하기 전에도 그랬다. 모든 게 불확실했고, 삶이 송두리째 흔들리던 시기였다. 그때 나는 스스로에게 '왜'라는 다섯 번의 질문을 던졌다.

"왜 미용을 시작했지?"

"왜 아직 이 일을 놓지 못할까?"

"왜 사람들과 머무는 게 좋을까?"

"왜 내 이름을 걸고 무언가를 만들고 싶은 걸까?"

"왜 이 길이 내 인생의 소명이라고 느껴질까?"

그리고 깨달았다. "나는 단순히 머리를 자르는 사람이 아니라, 사람의 마음을 단단하게 세우는 일을 하고 싶은 거구나." 그 순간, 방향이 선명해졌다. 두려움은 여전했지만, 길을 잃진 않았다. 그 다섯 번의 '왜'가 내 안의 나침반이 되어주었기 때문이다.

지금도 마찬가지다. 새로운 사업을 시작할 때, 누군가와의 관계에서 흔들릴 때, 혹은 인생의 길이 막다른 곳에 다다랐다고 느껴질 때, 나는 걸음을 멈추고 스스로에게 묻는다. "묘정아, 왜?" 그리고 그 질문을 다섯 번 반복한다. 그 단순한 습관이 수많은 선택의 순간에서 나를 구해 줬다.

사람들은 종종 묻는다. "대표님은 어떻게 흔들리지 않아요?" 그럼 나는 웃으며 말한다. "저는 흔들릴 때마다 저에게 다섯 번 '왜'를 물어요. 그 질문을 다하고 나면, 마음이 조용해져요." 단단한 사람은 정답을 많이 아는 사람이 아니라, 끊임없이 자신에게 '왜'를 묻고, 그 대답 속에서 자신을 다시 세우는 사람이다. 그렇게 수많은 '왜'라는 질문 끝에 30대의 진짜 나를 찾아가고 있다.

단단한 사람은
정답을 많이 아는
사람이 아니라,

끊임없이
자신에게 '왜'를 묻고,
그 대답 속에서 자신을
다시 세우는 사람이다.

다시 만나고 싶은 사람

사람이라는 것이 참 신기하다. 한 번의 만남만으로도 두 번 다시 만나고 싶지 않은 사람이 있고, 언젠가 꼭 다시 한번 만나고 싶은 사람도 있다. 나는 늘 다양한 사람을 만나오며 생각했다. '또 만나고 싶은 사람이 되어야지.' 그저 사람에게 좋은 인상을 남기고 싶다는 가벼운 의미가 아니었다. 진심으로, 한 번의 만남이 인연으로 이어지고 그 인연이 다시 새로운 기회로 연결되기를 바랐다.

우리는 살아가며 수많은 사람과 관계를 맺고, 그 관계 속에서 살아간다. 일에서도, 사랑에서도, 우정에서도, 결국 중요한 건 '다시 보고 싶은 사람'이 되는 것이다. 내 기준에서 다시 만나고 싶은 사람은 외적으로 매력적이라거나 화려한 말솜씨를 가진 사람보다, 상대방을 진심으로 대하고 하루하루를 성실하게 살아가는 사람이다. 이런 사람에게는 삶의 생기와 에너지가 자연스럽게 흘러나오고, 이 에너지는 고스란히 나에게도 전달된다.

나를 찾아주는 소중한 고객 한 사람, 한 사람. 나와 함께하며 성장을 만들어내고 있는 직원 한 사람, 한 사람. 힘들 때면 선뜻 손을 내밀어주는 인연들. 내가 이 자리까지 올 수 있었던 건, '다시 만나고 싶은 사람이 되어야지'라는 생각 덕분인 것 같다. 살아가며 사람이 얼마나 귀한 재산인지 느끼게 되는 순간이 많다. 그래서 나 역시 누군가에게 또 만나고 싶은 사람이 되었으면 좋겠다.

결국 이러한 사람이, 인생에서 가장 성공한 사람이 아닐까. 누군가 나를 떠올릴 때, 나를 소개할 때 "아, 그 사람 참 좋지!" 그 한마디면 충분했다. 이는 돈으로는 절대 살 수 없는 진정 성공한 삶이다. 그렇게 쌓아 온 신뢰와 진심이 지금의 나를 있게 했다.

성공은 거창한 목표가 아니라, 오늘도 누군가의 마음속에 다시 만나고 싶은 사람으로 남는 일이다. 그러기 위해 나는 더 긍정적인 생각과 행복한 마음으로 하루하루를 살아가고 있다. 누군가를 만났을 때 부정적 언어보다 긍정적 언어를 사용하며 불평불만보다 잘하고 있다는 위로의 말과 응원의 말을 건네는 사람이 되어 가고

있다. 이 또한 많은 노력과 트레이닝이 필요했지
만, 그 과정이 있었기에 아낌없는 칭찬을 건넬
줄 아는 사람이 되었다.

성공은 거창한 목표가 아니라,
오늘도 누군가의 마음속에
다시 만나고 싶은
사람으로 남는 일이다.

헤어 디자이너로서 어느 정도 인정받기 시작하고 SNS를 통해 소통하기 시작하면서 나를 응원해주는 고마운 분도 많았지만, 그에 못지않게 많은 악플도 받았다. 나는 꽤 오랜 시간, 사람들의 말 속에서 평가받았다. 누군가는 나를 대단하다고 했고, 누군가는 나를 가식적이라고 했다. 어느 날엔가 나를 공격하는 SNS 계정까지 만들어져 있었다.

어릴 때는 그 한마디 한마디에 쉽게 무너지고 상처받았지만, 지금의 나는 악플이나 세상의 말에 쉽게 흔들리는 사람이 아니다. 그래서 나를 모르는 사람이 던지는 말에는 더 이상 신경 쓰지 않는다. 이제는 그러한 것들이 중요하지 않다는 것을 너무도 잘 알기 때문이고, 진심은 언젠가 반드시 드러난다는 것을 경험을 통해 배웠기 때문이다. 오히려 악플을 남기는 사람들을 보면 이제는 안쓰러운 마음이 든다. 남을 깎아내려야 자신이 조금이라도 나아 보인다고 믿는 사람들. 오히려 얼마나 외로울까 싶다. 그래서 나는 상처 대신 연민을 택했다.

툭 하고 던진 수많은 타인의 말은 결국 나를 무너뜨리지 못했다. 오히려 그 말들은 내 안에서 불씨가 되었고, 나는 그 불씨를 동력 삼아 내 길을 더 환하게 밝히며 지금껏 걸어왔다. "이번 생

에서 나는 이미 한 번 죽었다." 그 모든 아픔과
상처를 지나 지금 내가 살고 있는 이 순간은 하
늘이 나에게 준 보너스의 시간이다. 그렇게 생
각하니, 정말 많은 것들이 별일 아닌 게 되었다.
누가 뭐라고 해도, 그 말들은 이제 나를 흔들 수
없다.

나는 이미 한 번 죽었다가 다시 태어난 사람
이라는 마음으로 살아가고 있다. 그래서 이제는
남의 말보다 훨씬 중요한 게 무엇인지 안다. 지
금 이 삶이 보너스로 주어진 시간이라는 사실,
그리고 이 귀한 시간을 어떻게 살아 내느냐가
내 인생의 전부라는 것을. 이제 나는 안다. 누군
가의 말이 내 인생의 방향을 결정하지 못한다는
걸. 나를 설명하는 건 타인의 평가가 아니라 내
가 품고 있는 진심과 오늘도 계속해서 내딛고 있
는 이 걸음이라는 것을.

보너스 인생을 산다고 생각하니, 전보다 세상이 훨씬 조용하고, 감사하고, 아름다워 보인다. 예전에는 눈치 보느라 삼켰던 말들이 있고, 두려워서 미뤄 두었던 선택들이 있었고, 괜히 튀어 보일까 봐 한발 물러나 서 있던 순간들이 있었다. 이제는 그 모든 것들을 하나씩 꺼내어 직접 해 보며 살고 있다. 여행도 하고, 공부도 하고, 사회복지 자격증도 준비하고, 꿈 노트를 쓰고, '마이오'를 지키고, '어덴비'를 키우고, 기부를 하고, 봉사를 하고, 무엇보다 새아와 함께 보내는 시간을 가장 소중하게 쌓아 가고 있다.

앞으로 나에게 얼마나 많은 시간이 남아 있는지는 알 수 없다. 하지만 분명한 건, 이 시간을 헛되이 쓰고 싶지 않다는 것이다. 언젠가 다시 삶의 끝에 서게 된다면, 이렇게 말하고 싶다. 나는 주어진 시간을 미루지 않았고, 외면하지 않았고, 나답게 살아냈다고.

　지금의 나는 완벽하지도, 모든 답을 가진 사람도 아니다. 다만 다시 주어진 이 인생을 성실하게, 진심으로, 내 방식대로 살아가고 있는 사람일 뿐이다. 그리고 그것이면 충분하다고, 이제는 자신 있게 말할 수 있다.

생각이 한계를 만든다

지금껏 내가 버텨올 수 있었던 가장 큰 힘은 '긍정'이다. 누군가의 말 한마디에 감정이 상하고, 기대했던 일이 잘 풀리지 않아도 오랜 시간 담아 두지 않는다. 생각이 꼬리에 꼬리를 물기 시작하면 걷잡을 수 없이 부풀어 올라 더 이상 앞으로 나아갈 수 없기 때문이다.

오래 생각에 머무르기보다는 빠르게 판단하고 정리하고 다시 시작해야만 변화를 만들 수 있다. 어차피 일어난 일은 되돌릴 수 없다. 내가 바꿀 수 있는 건 과거에 있지 않고, 현재에 있고, 그 현재를 어떻게 보내는지에 따라 미래가 달라진다.

하지만 혼자만의 힘으로 모든 순간을 버텨내기란 쉽지 않다. 나만의 힘으로 모든 것을 채우기란 현실적으로 불가능하다. 그래서 우리는 가족, 연인, 친구, 동료 등 주변 사람들에게서 도움을 받기도 하고, 상처를 치유받기도 하고, 다시금 나아갈 에너지를 충전받기도 한다.

나 역시 있는 그대로 나를 믿어주고 힘이 되어 준 고마운 분들이 있었기에 지금까지 올 수 있었다. 많은 분 중에서도 나에게 긍정의 에너지와 긍정의 힘을 믿게 해 준 분이 있다. 정옥 전무님이다. 유독 삶의 무게가 나를 짓눌러 나약해질 때면, 나는 정옥 전무님을 찾아간다. 전무님은 그런 나를 똑바로 바라보시고는 늘 이렇게 말씀하신다.

"묘정, 할 수 있어. 할 수 있다고 생각하면 할 수 있고, 할 수 없다고 생각하면 할 수 없어."

전무님의 에너지가 수화기 너머로까지 느껴졌다. 몇 년째 이 말을 들어왔음에도, 이상하게도 한 번도 지겹다고 느낀 적이 없다. 전무님의 말은 들을 때마다 늘 새로웠고, 그때의 나에게 꼭 필요한 말이었다. 한번은 너무 힘이 들어서 "전무님, 저 이제 진짜 힘들어요. 포기하고 싶어요"라고 말한 적이 있다. 그 말을 들은 전무님은 너무도 단호하게 말씀하셨다.

"묘정, 왜 포기해? 아직 해 보지도 않았잖

아. 할 수 있다고 믿어 봐. 안 될 때까지 해 봐야 포기라는 말을 하지.”

전무님은 내가 잘 될 때는 그 누구보다 기뻐하시며 축하해주셨고, 내가 흔들릴 때마다 한결같이 “괜찮아, 할 수 있어”라는 말 한마디로 나를 다시 일으켜 세웠다. 지금도 나는 길을 잃은 날이면 전무님께 전화를 드린다. 목소리만 들어도 어느새 흔들렸던 마음이 조금은 단단해진다. 지금도 전무님의 목소리가 선명하게 떠오른다. “묘정, 할 수 있어.” 내 인생을 바꾼 주문과도 같은 문장. 포기 대신 믿음을 선택하고 불평 대신 감사의 힘을 얻게 해준 전무님을 보며, 나는 다짐했다. ‘나도 저런 어른이 되어야지.’ 말에 힘이 있고, 존재 자체가 누군가의 버팀목이 되는 사람. 그렇게 전무님을 보고 배우며 나는 버티는 법을 배웠고, 이제는 그 버팀의 시간도 즐길 줄 아는 사람이 되었다.

누군가를 지지하고 응원한다는 건, 내가 생각하는 사랑의 또 다른 형태다. 누군가 나를 믿어주고, 내가 가는 길을 응원해 준다는 건 그 자체만으로도 커다란 힘이 된다. 그건 단순히 "할 수 있어"라는 말이 아니라 내 마음속에 "정말 할 수 있을지도 몰라"라는 확신을 심어 주는 일이다.

결국 아무리 불행한 순간에도, 포기하고 싶은 순간에도 "괜찮아, 너라면 할 수 있어" 하고 나를 믿어주는 단 한 사람만 있다면, 언제든 삶은 지탱할 수 있고 나아갈 수 있다. 응원은 사람을 변화시키는 가장 강력한 힘이다. 가족이든 연인이든 서로의 꿈을 응원하며 믿어줄 때, 그 안정감은 당사자에게 큰 용기가 된다. 그 지지 속에서 반짝하고 빛나게 된다.

누군가를 지지하고 응원한다는 건, 결국 그 사람의 가능성을 믿어주는 일이다. "나는 너를 믿어." 이 한 문장은 세상 어떤 말보다 따뜻하다. 그 믿음이 쌓이고, 그 마음이 전해질 때, 한 사람의 인생이 바뀌기도 한다. 그래서 나는 오늘도 내 주변 사람들에게 작은 응원의 말을 건넨다. "너라면 할 수 있어." 그 말이 누군가의 하루를 바꿀 수도 있다는 걸, 나는 이미 경험했기 때문이다.

내 곁에 정옥 전무님과 같은 좋은 어른이 있다는 사실만으로도 나는 무엇이든 다시 해 볼 수 있는 힘을 얻는다. 정답을 대신 알려 주지 않아도, 앞길을 대신 결정해 주지 않아도 그저 묵묵히 "괜찮다"고 말해 줄 수 있는 어른이 곁에 있다는 것만으로도, 사람은 쉽게 무너지지 않는다. 나를 앞에서 끌어당기거나 뒤에서 억지로 떠밀지 않으면서 내가 나의 속도로 걸어갈 수 있도록 기다려주는 존재. 그런 어른이 단 한 사람만 있어도 인생은 생각보다 훨씬 멀리까지 나아갈 수 있는 것 아닐까.

그래서 나는 안다. 사람을 키우는 건 능력이 아니라 태도라는 걸. 그리고 어른의 역할은 누군가의 인생을 대신 살아 주는 게 아니라 다시 일어날 수 있는 자리를 조용히 지켜 주는 일이라는 걸. 내 곁에 그런 어른이 있다는 사실만으로, 오늘도 나는 충분히 강해진다.

누군가를 지지하고
응원한다는 건,

결국 그 사람의 가능성을
믿어 주는 일이다.

252   어느 날, 문득 거울 속 내가 너무도 낯설었
다. 무표정하게 나를 바라보는 그 눈빛에는 많은
슬픔이 담겨 있었다. 그 순간 참을 수 없이 눈물
이 쏟아졌다. 나에게 너무도 미안했다. 지금껏 주
변 사람들은 그렇게도 살뜰하게 챙겨왔으면서,
정작 나를 챙기는 일은 뒷전이었다. 손목에도, 팔
에도, 몸 곳곳에 스스로 남긴 상처와 흉터들이 얼
룩져 있었다. 보이지 않는 마음의 상처는 그보다
더 깊이, 오랜 시간 흔적으로 남아 있다. 그래서

그 흉터들을 가리기 위해 그 위에 타투를 했다.

오랜 시간 나는 스스로를 정말 많이 미워했
다. 소중한 사람의 상실에도, 어긋나버린 관계
에도, 모든 게 내 탓인 것만 같았다. 그렇게 나를
향한 미움이 매일 나를 갉아먹고 있었고, 조금씩
나를 무너뜨리고 있었다.

그 순간 깨달았다. 모든 건 내가 나를 돌보지
않았기 때문이라는 것을. 따뜻한 한마디와 묵묵
한 응원과 믿음이 필요한 사람은 다른 누구도 아
닌, 바로 나였다는 것을. 그때부터 나는 못난 나
도, 부족한 나도 꼭 끌어안았다. 그리고 조금씩
나를 위해 마음과 시간을 쓰기 시작했다.

건강을 위해서 운동을 시작했고, 내면의 회
복을 위해 감정 일기를 썼다. 한 글자 한 글자 감

정의 찌꺼기들이 쓰일 때마다 조금씩 마음속 먼지도 걷히는 것 같았다. 때때로 수고한 나를 위한 선물로 꽃집에 들러, 작은 꽃 한 송이를 사기도 했다. 집에 돌아와 화병에 꽂힌 꽃을 바라보다 보면 마치 내 안에서도 작은 생명이 피어나는 느낌이 들었다. 또 책을 읽고, 영어 학원에 다니며 자기 계발에 집중했다.

신기하게도, 나를 아끼기 시작하자 세상도 나를 다르게 대하기 시작했다. 주춤하던 일이 잘 풀리기 시작하고 어긋나던 사람들과의 관계 역시도 자연스럽게 풀리기 시작했다. 사랑도, 일도, 가족도, 모든 게 조금씩 제자리를 찾아갔다. 그리고 남을 위하느라 나를 갉아먹는 건 진짜 배려가 아니라는 걸 깨달았다. 진짜 배려는 내가 무너지지 않고도 누군가를 품을 수 있을 때 가능한 거였다. 이제 나는 매일 나에게 다정한 한마디를 건넨다.

"묘정아, 오늘도 수고했어. 오늘도 조금 더 행복해지자."

그 한마디가 나를 다시금 살게 했다. 이제는 안다. 나를 아낀다는 건 단순히 휴식만 주는 것이 아니라, 나를 존중하고, 내 마음을 지켜 주는 가장 단단한 사랑이라는 것을. 나를 아낀다는 건, 세상에서 가장 긴 사랑을 스스로에게 약속하는 일이다.

그리고 나를 사랑하기 시작하면서 알게 되었다. 행복은 누군가와 함께 있을 때만 채워지는 것이 아니라, 나 혼자서도 충분히 만들 수 있다는 것을. 누군가에게 기대지 않아도 스스로를 버티게 할 힘이 내 안에 이미 있다는 것을. 그래서

이제 나는 외로움을 채우기 위해 사람을 필요로
하지 않는다. 누군가와 그 행복을 함께 나눌 뿐
이다. 나를 사랑하기 시작한 순간부터 나는 이미
충분히, 나로서 완벽하게 행복한 사람이 되었다.

네모난 휴대폰 화면 속 세상이 전부였던 적 257
이 있었다. 누군지도 모르는 화면 속 사람들은 때
때로 나를 찬양했고, 때때로 나를 비난했다. 그들
의 말 한마디에 나는 하루에도 수없이 오르락내
리락하며 이리저리 휩쓸려 다녔다. 사실이 아닌
이야기도 어느덧 그들의 세상에서는 '진실'이 되
어 있었다. "너무 잘난 척한다", "너무 돈만 밝힌
다", 그들의 손쉬운 말 한마디는 하나의 기준이
되어 곧 내 삶 자체를 평가하고 있었다. 그때 나

는 너무 어렸고, 감정적으로도 나약한 사람이었
다. 처음에는 너무 억울했다. 그래서 밤마다 휴대
폰을 내려놓지 못한 채, 댓글 하나하나에 마음이
쉬이 흔들리고 무너졌다.

그러던 어느 날 떠난 유럽 여행에서 크로아
티아의 바다를 찾은 적이 있다. 모래사장에 앉아
가만히 하늘을 올려다보는데, 끝도 없이 펼쳐져
있는 파란 하늘이 나를 집어삼킬 것만 같았다. 그
순간, 문득 이런 생각이 스쳤다. '나는… 우주의
먼지보다도 작은 존재구나.'

말도 통하지 않는 낯선 땅에서는 아무도 나
를 신경 쓰지 않았다. 나의 존재조차 인식하지 못
했을 것이다. 이러한 무신경함이 처음에는 어색
하더니 점점 시간이 지날수록 오히려 너무도 편
안했다. 나를 인식하지 않으니 나 역시 인식하지

않게 되었고, 더 이상 '시선'을 의식하면서 말하거나 행동하지 않게 되었다. 그리고 깨달았다. 그저 말하고 싶은 대로, 행동하고 싶은 대로, 그때그때 순간의 나에게 집중한다는 것이 이토록 기쁜 일이구나. 그리고 내가 세상의 중심이 아니어도 괜찮구나.

한국으로 돌아오는 비행기 안, 창문 너머로 도시의 불빛들이 반짝였다. 작고 반짝이는 점들이 모여 하나의 세상이 존재했고, 그 속에서 수많은 사람이 각자의 인생을 살아가고 있었다. 그래, 이토록 거대한 세상에서 나는 그저 아주 작은 점 하나일 뿐이었다. 그 사실이 이상하게 위로가 되었다. 스스로가 하찮게 느껴진 것이 아니었다. 오히려 자유로움을 느꼈다. 작은 점이어서 좋았다. 나를 그 자체로서 받아들이게 된 순간이었다.

그날 이후 나는 남의 시선을 신경 쓰지 않았다. 물론 여전히 상처가 되는 말을 듣기도 하고, 진실이 아닌 거짓을 믿는 사람을 보면 화도 났지만, 더 이상 그들의 말에 전처럼 감정 낭비를 하지 않게 되었다. 온전히 내 감정의 주인으로서 나를 지키게 되었다. 누군가 나를 욕해도, 그건 내가 잠시 빌려 쓰고 있는 이 몸을 향한 말일 뿐이라고 생각하니, 두려움이 사라졌고 모든 게 가볍고 유쾌해졌다.

그렇게 생각하니 두려움이 사라졌다. 모든 게 가볍고 유쾌해졌다. 살아 있다는 게 축복처럼 느껴졌다. "나는 이미 한 번 죽었고, 지금 이 삶은 하늘이 나에게 준 보너스 같은 시간이야"라고 생각하자, 살아 있다는 것 자체가 축복처럼 느껴졌다.

더 이상 이 세상이 무섭지 않았다. 실패해도 괜찮고 넘어져도 괜찮았다. 그래서 이제는 다른 사람의 말 한마디에, 시선에 주저하지 않는다. 해 보고 싶은 일이라면 일단 해 본다. 네모난 세상보다 훨씬 더 넓은 세상이, 그 어떤 평가보다 더 크고 소중한 내 삶이, 이미 내 안에 존재하고 있었다는 걸 이제는 알기 때문이다. 그리고 내 안에서 나만의 기준으로 나를 바라보는 법을 배웠기 때문이다.

나는 우주의 한없이 작은 먼지일 뿐이지만, 그 덕분에 오늘도 반짝이며 나아간다. 그리고 내가 생각한 것보다 나는 훨씬 더 강한 사람이라는 것을 알기에 두렵지 않다.

이토록 거대한 세상에서
나는 그저 아주 작은 점
하나일 뿐이었다.

그 사실이 이상하게
위로가 되었다.

"결국, 나는 살아 냈고 살아가고 있다."　　　263

　살아오면서 여러 번 무너졌고, 여러 번 다시 일어섰다. 내가 버티지 못했을 것 같은 순간도 있었고, 그때마다 나를 붙잡아 준 무언가가 있었다. 어떤 날은 사람이었고, 어떤 날은 일상이었고, 어떤 날은 정말 작은 용기 하나였다. 돌아보면, 그 모든 과정은 나를 시험하기 위한 인생의 장난이 아니었다. 오히려 나를 단단하게 만들기 위한 보이지 않는 준비 과정이었다.

나는 특별한 사람이 아니다. 대단한 성공을 단번에 이룬 사람도 아니다. 그저 매일의 하루를 버티고, 다시 반복하고, 조금씩 나아가면서 그렇게 살아온 사람이다.

그래서 이제는 말할 수 있다. 어느 날 갑자기는 없었다. 누구의 삶에도 그런 하루는 드물다. 대신 천천히 쌓이는 매일의 '오늘'이 있다. 작지만 확실한 발걸음이 있다. 단단해지기까지의 흔들림과 회복이 있다. 나는 앞으로도 흔들릴 것이다. 하지만 예전처럼 무너지진 않을 것이다. 내가 지나온 길이 이미 나를 단단하게 만들었기 때문이다. 이제 나는 살아남는 사람이 아니라 살아가는 사람이 되고 싶다. 내가 만든 삶을, 내가 선택한 사랑을, 내가 닿을 수 있는 사람들을 온전히 품으며.

　나는 내 인생을 최선을 다해 살아 냈고, 이 책은 그 여정의 기록이다. 아직도 진행 중인 이야기다. 혹시 지금, 당신도 어딘가에 조용히 주저앉아 있다면 이 말을 꼭 전하고 싶다.

　"당신은 이미 잘 살아 내고 있습니다. 그리고 당신은 당신이 생각하는 것보다 훨씬 더 강한 사람입니다. 그러니, 당신을 믿고 계속 앞으로 나아가세요."

**"꿈 노트는 단순한 노트가 아니라,
쓰는 순간, 살아 숨 쉬는 현실이 된다."**

나는 특별한 사람이 아니다. 운이 좋아서 여기까지 온 것도 아니다. 다만 한 가지, 꿈을 대하는 태도만큼은 오래도록 바뀌지 않았다. 나는 꿈을 마음속에만 담아 두지 않았다. '언젠가 되겠지', '잘 되면 좋겠다' 같은 말로 막연한 미래로 넘기지도 않았다. 그 대신 꿈을 적었고, 보이게 만들었고, 매일 빼놓지 않고 들여다봤다. 그것이 내가 지금껏 해 온 꿈 노트다.

　　처음 꿈 노트에 담은 기록은 거창하지 않았다. 그저 내가 되고 싶은 모습, 하고 싶은 일, 살고 싶은 삶을 사진으로 모으고, 단어로 적고, 문장으로 선언했다. 가령 복지관 사진, 지도, 봉사 장면, '오픈'이라는 단어 하나까지 전부 스크랩했다. 그리고 어느 순간부터는 꿈을 한 줄의 문장으로 적기 시작했다.

　　"2017년 10월 10일, '마이오'를 오픈한다."
　　"2023년 7월 20일, '어덴비'를 론칭한다."
　　"2035년 7월 19일, 홍제동에 미용복지관을 연다."

　　이 문장들은 다짐이 아니라 약속에 가까웠다. 누군가에게 보여주기 위한 문장이 아니라, 매일 나에게 보여주기 위한 문장이었기 때문이다.

어덴비는 이렇게 시작됐다

어덴비를 론칭하기로 마음먹었을 때, 나는 이미 헤어 브랜드를 운영하고 있었다. 그래서 처음 꿈 노트에 적은 것은 '새로운 브랜드'가 아니라 '정리'였다.

- 기존에 하던 헤어 브랜드를 정리한다.
- 동업 구조를 끝낸다.
- 다시 혼자 시작한다.

이건 용기가 아니라 계산에 가까웠다. 내가 진짜 만들고 싶은 브랜드를 하려면, 에너지를 분산시키지 말아야 했기 때문이다. 그다음 나는 꿈을 숫자로 바꿨다. 어덴비를 운영하려면 얼마의 자금이 필요하고, 언제까지 얼마를 모아야 하며,

최소 몇 개의 제품으로 시작할 것인지와 같은 구체적인 숫자가 중요했다. 그래서 꿈 노트에 이렇게 적었다.

"현금 1억 원을 만든다."

이건 목표가 아니라 출발선이었다. 자금을 모으는 동안 나는 동시에 기획을 했다. 브랜드 이름, 방향, 가격대, 타깃, 왜 이 브랜드여야 하는지까지. 그다음 질문은 늘 같았다. '이걸 하려면 뭐가 필요하지?' 제품을 만들려면 함께 일할 사람이 필요했고, 그 사람이 일할 공간이 필요했다. 그래서 나는 꿈 노트를 또 쪼갰다.

- 직원 1명 채용
- 직원이 일할 사무실 마련
- 최소한의 월 고정비 계산

- 제품 제작 일정 설정

사무실을 구할 때도 막연하게 '예쁜 곳'을 찾지 않았다. 월세는 얼마까지 가능한지, 제품 회의와 촬영이 가능한 구조인지, 직원이 오래 버틸 수 있는 환경인지 전부 적어가며 결정했다. 제품 역시 마찬가지였다. 처음부터 많이 만들지 않았다. 몇 개의 제품으로 시작할지, 테스트는 얼마나 할지, 출시는 언제로 할지. 그리고 꿈 노트에 론칭 후 콘텐츠는 언제부터 시작할지, 어떤 채널을 먼저 공략할지와 같은 마케팅 시작 지점과 첫 해 매출은 어느 정도로 잡을지에 관한 매출 목표까지 구체화했다.

이 모든 과정은 갑자기 생긴 아이디어가 아니었다. 꿈 노트 안에서 계속 수정되고, 지워지고, 다시 쓰인 계획들이었다.

꿈은 그렇게 하루가 되었다

그 이후의 나는 늘 비슷한 하루를 살았다. 일하고, 기획하고, 기록하고, 촬영하고, 수정했다. 대단해서가 아니라 그 하루가 모여 브랜드가 된다는 걸 알고 있었기 때문이다. 물론 모든 계획이 맞아떨어지지는 않았다. 예정보다 늦어진 것도 있었고, 생각보다 더 오래 버텨야 했던 순간도 많았다. 그래서 나는 매주, 매달 꿈 노트를 다시 열었다. 잘한 것과 부족한 것을 적고, 계획을 고쳐 나갔다.

꿈 노트는 나에게 성공을 증명하는 노트가 아니라 포기하지 않게 붙잡아 주는 노트였다. 그리고 마지막으로, 나는 잊지 않기 위해 늘 삶 한가운데에 꿈 노트를 두었다. 휴대폰 배경, 방, 일터, 노트의 첫 장에 내가 적은 문장과 이미지들을 붙여 두었다. 그래서 늘 알 수 있었다. 지금의 이 하루가 어디로 가고 있는지.

　　이 자리에 오기까지 나는 단번에 도착하지 않았다. 다만 매일, 아주 조금씩 꿈 쪽으로 걸어왔을 뿐이다. 만약 이 책을 덮는 지금, 막막함을 느끼고 있다면 대단한 꿈을 적지 않아도 괜찮다. 오늘의 나보다 조금 더 나은 내일을 한 줄로 적는 것부터 시작해도 충분하다.

272

　　꿈 노트는 쓰는 순간 끝나는 노트가 아니다. 계속 고치고, 다시 쓰고, 끝내 현실이 될 때까지 함께 가는 기록이다. 나는 그렇게 살아왔고, 그래서 여기까지 왔다. 당신의 꿈 노트가 현실이 될 그날을 힘껏 응원한다.

꿈 노트 사용법 10단계

단계	'무엇'을 해야 할까	'어떻게' 써야 할까
1. 꿈을 이미지화	꿈을 눈에 보이게 만든다.	사진, 캡처, 문장, 키워드를 모아 스크랩한다.
2. 꿈을 문장으로 선언	꿈을 한 줄로 정의한다.	"언제/어디서/무엇을" 한 문장으로 명확하게 적는다.
3. 숫자화·구체화	꿈을 현실의 언어로 바꾼다.	날짜, 장소, 금액, 규모, 상태를 적는다.
4. 역산(거꾸로 쪼개기)	최종 목표에서 역으로 단계를 만든다.	"이것을 하려면 무엇이 필요하지?"를 계속해서 질문한다.
5. 마인드맵·이미지맵	꿈의 구조를 지도처럼 만든다.	'최종 꿈'을 가운데에 두고, 단계별 필수 조건을 가지로 뻗어 나간다.
6. 연간 계획	1년 단위로 큰 로드맵을 세운다.	올해 목표 10가지를 적는다.
7. 월간 계획	한 달을 목표로 나눈다.	이번 달 '측정 가능한 목표'를 세운다.
8. 주간/일간 루틴	매일 실행으로 연결한다.	시간표로 적는다 (언제/몇 시 몇 분).
9. 체크 리뷰	확인하고 수정하며 계속해 나간다.	매주 1회, 매달 1회 점검한다.
10. 반복 노출	꿈을 잊지 않도록 주변 환경에 최대한 노출한다.	휴대폰 배경 화면, 방, 일터, 노트 첫 장에 붙여 계속해서 확인한다.

생각보다 너는 더 강한 사람

초판 1쇄 발행 2026년 01월 21일

지은이 김묘정
펴낸이 김상현

콘텐츠사업본부장 유재선
출판팀장 전수현 **책임편집** 전수현 **편집** 윤정기 심재헌 이경미
디자인 김예리 권성민
마케팅팀 엄재욱 이영섭 남소현 최문실 배성경
미디어사업팀 김진형 김예은 정선영 정영원 정수아
경영지원 이관행 김준하 안지선 김지우 장사랑

펴낸곳 (주)필름
등록번호 제2019-000002호 **등록일자** 2019년 01월 08일
주소 서울시 영등포구 영등포로 150, 생각공장 당산 A1409
전화 070-4141-8210 **팩스** 070-7614-8226
이메일 book@feelmgroup.com

필름출판사 '우리의 이야기는 영화다'

우리는 작가의 문체와 색을 온전하게 담아낼 수 있는 방법을 고민하며 책을 펴내고 있습니다.
스쳐가는 일상을 기록하는 당신의 시선 그리고 시선 속 삶의 풍경을 책에 상영하고 싶습니다.

홈페이지 feelmgroup.com **인스타그램** instagram.com/feelmbook

© 김묘정, 2026

ISBN 979-11-93262-91-7(03810)